JN092007

いるいないみらい

窪 美澄

角川文庫
23149

目次

1DKとメロンパン

高校は行きたかった都立を落ちて女子校に通った。その学校は付属中学からそのまま上がってくる生徒がほとんどで、私のように高校から入学する生徒はごく少数だった。中学から入学すれば、素行が悪かったり、極端に成績が悪かったりしなければ、そのまま高校に上がることができる。高校受験という大きなストレスを経験していないせいなのか、内部から上がってきた生徒たちは、私がそれまで出会った女の子たちの誰よりも、よくも悪くものびのびしていた。

夏の授業では、男性教諭が教壇に立っていても、太ももまでスカートをまくりあげて脚の間を下敷きで扇ぐ。入学当時はそれくらいのことで、どぎまぎしていた。同級生たちは自分たちの体のことについてもあけすけに語った。ブラジャーのサイズを靴のサイズと同じレベルで話題にする。「生理」という言葉だってまったく恥じらいを含まずに口にした。高校に入った頃にはもちろん私も初潮を迎えていたけれど、親や友人に向かって「生理」という言葉を口にしたことはなかった。口にしようとしても、うっ、と唇の手前で音が止まるから、あれ、とか、それ、とか言って誤魔化していたような気がする。思春期の自分の体に起こりはじめている性的な変化というのが、生々しかったし、恥ずかしかった。

それなのに高校では生理用品の貸し借りは当たり前で、トイレに行くときにもポーチなどに入れたりせず、堂々と裸のままで持ち歩いていた。それを廊下で投げつけあってふざけたりする子もいた。最初は驚くだけだった彼女たちの言動に私はすぐに染まった。異性の目がない女だけの毎日はとってもらくちんだったからだ。

その頃は「生理をうつして」なんていうこともよく言った。不思議なことだが、学校で誰か一人が生理になると、そのまわりにいる生徒たちも途端に生理が始まることがよくあった。プールの授業に出たくないときには、「生理をうつして」と、生理中の生徒の腰に抱きつく。修学旅行で同じ部屋で寝起きしていた全員が生理になってしまったこともあった。あれはどういう理屈でそうなるのだろう。生理中の人間が発するにおいなのか、ホルモンのせいなのか、体の難しいことはわからないけれど、まったく不思議だ。女の人の体ってそもそも――。

「ほら、堀《ほり》さんもグラス持って」右隣に座っていた同僚に促され、

「あ、ああっ、ごめんなさい」私は慌てて目の前のグラスを手にした。

かんぱーい、という上司の合図で皆がグラスを合わせる。掘りごたつ式のテーブルの上座にはもうすぐ産休に入る田辺《たなべ》さんがウーロン茶のグラスを手ににっこりと笑ってい

る。田辺さんのおなかはずいぶんと大きく、ワンピースの下はバスケットボールが入っているかのように丸く膨らんでいた。今日まで毎日会社で顔を合わせていたはずなのに、おなかの膨らみが目立たないような服装を選んで会社に来ていたのだろうか。そのおなかを見て私はまたぼんやりと考え始めてしまう。

生理と同じように妊娠もうつるんじゃないか、って。今年に入って産休に入るのは田辺さんで三人目だ。同期が一人、先輩が一人、そして三人目が四年後輩の田辺さん。高校のときの生理のように、まるで妊娠がうつっているみたいだ。世の中では少子化少子化と言うけれど、うちの会社では出産ラッシュが起きている。

主に防虫剤、脱臭剤、殺虫剤を製造販売している中堅の総合日用品メーカーで、最近は赤ちゃん用の入浴剤や虫よけスプレーなどの衛生用品にも業務を拡大している。そんな会社が子育てをしようとする社員に優しくない、というイメージを作りたくないのだろう。女性社員から不満が出ないように、会社は長期の産休、育休、復帰後の時短勤務のために制度を整えた。上司も社長も、女性に優しい会社のイメージを保つことに躍起になっている。その十分すぎるほどの制度のせいで、実際にしわ寄せが来ているのは同じ職場の社員だが、もちろんお祝いのこんな会でそんな不満をぶちまける人はいない。目の前にあるあまり新鮮そうではないカルパッチョを箸《はし》でつまみ口に入れながら、つい田辺さんのおなかに目がいく。あのなかに人が一人いるんだよね。そう思うと、生理、という言葉をストレートに口にできなかった中学生の頃の自分に戻ってしまう。原因があって（つまりセックスして）結果があって（つまり妊娠して）、その現実をさらしながら人前に出てくることが恥ずかしくはないのだろうか。私の頭のなかではいろんな思いがくるくると浮かんでは消えるけれど、会社の人に向かってそれを言葉にしたことはない。そんなことはまるで考えたこともない、という大人のふりで、口角を上げ、田辺さんが無事に産休まで仕事を続けたことを祝っている。

「早く家に帰りたそうな顔してるね堀さん」

左隣に座っている同じ業務部の先輩、八田《はった》さんが私の顔を見てにやにやしている。

「いや、そんなことないですよ」

「こんな会わざわざやんなくてもいいのになあ、何度も何度も同じこと、ね」

あんたも同じ気持ちでしょ、という顔でいじわるそうに笑う。私はこの人が苦手だ。笑い返したら同意したことになってしまうと思って、私は奥歯に力をこめ、無表情を貫いた。入社して今の部署に配属されてから、私は会社では自分の感情をなるべく出さずに生きてきた。業務部とはいわば、会社内での部署間の橋渡し役だ。開発や製造、営業といった花形部署を支える裏方的な存在。と言うと聞こえはいいが、販売動向を製造部に伝えては嫌みを言われ、営業部や製造部が仕事をしやすいように計数管理を行えば何様だと怒られもする。いわば、各部署のサンドバッグと言っていいだろう。この部署に長年いると、皆、顔から表情が消えていく。八田さんだって、私が何を言っても言い返したりしない人間だと思って、本音を漏らし、自分のガス抜きをしているだけなのだ。

そんなことを考えているうちに会は早くもお開きになった。

「妊婦をあまり遅くまで連れ回したらいけないからさ」

上司が赤い顔でそう言い、「な」と言いながら、手のひらで田辺さんのおなかに触れたので、思わずまわりの女性社員の口が「あ」の形になった。今のは確実にハラスメントだよな、と思いつつも、即座にそういう判断をしてしまう自分が息苦しい。思っているのに言っちゃいけないことが、会社に長くいればいるほど多くなってきて、そういう鬱屈《うっくつ》があるレベルに達すると、私は爆発したくなる。そうは言っても、ひとりカラオケにでも行って小一時間大声を出せばある程度は晴れてしまう。けれど、そういう薄い鬱憤だから余計にたちが悪い。いつまで経っても溶けずに道の端でただ汚れていく東京の雪みたいなものが自分のなかにも残っているみたいで。

店の外に出ると、妊婦の田辺さんは皆に深く頭を下げた。

「ご迷惑かけてほんとうにすみません」そう言って田辺さんは上司が呼んだタクシーに乗り込む。車が走り出したあともいつまでも後ろを振りかえり、手を振っている。タクシーの中で田辺さんの顔から笑みが消えて、ため息をつきながら真顔になる瞬間のことを考えると、ほんの少しだけ田辺さんに同情したくなる。

上司を含む男性メンバーはどこかの居酒屋で飲み直すらしい。キャバ〜という単語も聞こえてきたような気もするが聞かなかったことにする。

「私たちもどこかで軽く飲みます？」私が聞くと、

「いやいや結婚してる人を週末に遅くまで連れ回しても悪いからさあ」と先輩が高そうなハイヒールの踵《かかと》を気にしながら言う。あ、いきなり線を引かれた。女の人のこういうところも女子校で経験していてよかったとつくづく思う。今風の言葉で言えば、マウンティング。女はいつでもどこでもマウンティングせずにはいられない生き物だということも私は女子校で学んだ。自分の容姿があの子より可愛いとか、偏差値はあの子より低いとか。自分が持っているもの、いないもの。異性の目がない分、自分がどの程度のところにいるか、ということを同性の間で査定しあう。その視線はもしかしたら共学の学校より厳しかったのかもしれない。

今夜の女性メンバーは、私と田辺さん以外は皆、未婚者だ。妊婦の田辺さん対、それ以外のメンバーという図式で構成されていた業務部だが、田辺さんがいなくなったら、その矛先をこっちに向けるというわけか。あーあー聞こえなーいと言いながらその場で耳を塞《ふさ》ぎたくなる。来週からは、今日までの田辺さんと同じように自分が仲間外れにされるのだろうか。まったく女ってさ、と思いながら、私はとにかく早く家に帰りたかった。

「あ、じゃあ、私、地下鉄こっちなんで。お先でーす」

いじわるされたなんてまったく感じていません、という顔をして、私はくるりと皆に背を向け、地下鉄の入り口に向かって歩きだした。今日の業務はとにかく終わった。スイッチオフだ、明日もあさっても会社のことなんて一秒も考えない。運良く座れた地下鉄のなかで私は右手で左手の薬指に触れる。安物のプラチナが車内の照明を受けて鈍く光っている。あー私、ほんとうに結婚できてよかったな、と心のなかで思う。今頃、皆は、私と田辺さんをネタにして悪口で盛り上がっているのだろうと思う。だけど、いいのだ。皆が言うように、私は一人じゃない。既婚者なのだから。

金曜日の夜から土曜の朝にかけては、何時間でも眠れる。放っておけば夕方までだって眠ってしまうだろう。夫の智宏《ともひろ》だって私が一日寝ていようと文句を言うような人間ではない。けれど、ほんとうにそうしてしまうと夕方に目が覚めたとき、貴重な休日を無駄にしたという罪悪感に囚《とら》われる。だから、平日より一時間遅く目覚ましをかけて無理矢理起きるようにしている。ベッドの隣に智宏はいない。洗面所に行くと、すでに洗濯機が回っていた。洗面所の鏡に寝起きの自分の顔がうつっている。顔が腫《は》れて、目やにがついて、頬にはシーツのあとまでついている。ノーメークの寝起きの顔が年々ひどくなるのはしっかり自覚しているが、それにしても、智宏はこんな顔が隣に寝ていて嫌にならないのか。体重も三年前の結婚式のとき、ウエディングドレスを着るために一時的に落としたが、結婚後はたがが外れたように増加し続けた。洗面所に置いてある体重計にはここ一年は乗っていない。真実を突きつけられるのが怖いからだ。

歯磨きをしていると、玄関のドアが開く音がした。

「ううっ、寒い寒い」と言いながら、智宏が小太りの体を丸め、両手で腕をこすりながら、廊下を歩いてくる。

「おかえりー」と口に歯ブラシを突っ込んだまま、洗面所から顔を出すと、

「ほら、これ！」

智宏はそう言いながら私の前に腕を伸ばした。腕の先には子羊堂《こひつじどう》という文字と、横向きの子羊のイラストが印刷された茶色いパン屋の袋が見える。

「え、え、買えたの！　メロンパン？」口の端に歯磨き粉の泡をつけたまま言うと、

「最後の二個だよ！　一時間も並んじゃった」と答える智宏の鼻が赤い。

「まじか。でかした――」そう言うと、智宏がへへん、という顔で照れ笑いをする。子羊堂は三年ほど前に近所にできたパン屋だが、今まで一度もそのパンを食べたことがなかった。平日、仕事から帰ってくる時間には閉まっているし、土日もパンがなくなると店を閉めてしまう。クリームパンやチョココルネ、なかでもメロンパンが人気らしく、土日は毎週行列ができるほどの人気だ。最近、美容院の人から子羊堂の噂を聞いて、その話をしたのだが、智宏は覚えていてくれたらしい。

「すぐに食べよう。焼きたてだから」

智宏はキッチンに行き、がちゃがちゃと皿の音を立てている。私は慌ててパジャマの上に毛玉だらけのセーターを着た。南向きのベランダに面した十畳ほどのダイニング兼キッチンにあるダイニングテーブルに座る。ダイニングテーブルと言っても、四人家族が座れるような立派なものではない。ただの円いテーブルだ。そこに折り畳みの椅子が

二脚。円いテーブルなのだからどこに座ってもいいのだけれど、この部屋に住み始めたときから、私はベランダが見える側、智宏はキッチンが見える側が、定位置になっていた。

今年はいつまでも夏のような気候が続いていたけれど、さすがに十二月になると、朝晩の通勤時には寒さが身にしみるようになってきた。この部屋は南向きで掃き出し窓から十分すぎる陽が入るが、足下だけは寒く、テーブルのそばにおいた電気ストーブの電源を入れた。

コーヒーの入ったマグカップと、メロンパンの載った皿を智宏がテーブルに置く。洗面所のほうから洗濯終了を知らせるブザーが聞こえてきた。考えてみれば今日、私は起きてから家事らしきことをまだ何もしていない。

「あ、洗濯物、私干すからね」

「すぐ干さないと皺《しわ》になっちゃうからさあ、それより知佳《ちか》ちゃん先に食べてなよ。焼きたてだよ」

洗面所で洗濯物をカゴに入れながら智宏が言う。

「いやいやそれは悪いし、……ええ、でも、うん」目の前のメロンパンの誘惑に勝てなかった。洗濯物を干すと言った智宏はテーブルの前の椅子に座る。ぱくり、と一口メロンパンを齧《かじ》った。

「んまあああ。おいしー」そう言うと、智宏は納得したようにうんうん、と頷《うなず》いてから立ち上がり、洗濯カゴを抱えてベランダに出た。室内に寒い空気が入ってこないように掃き出し窓をきっちりと閉めていく。智宏はタオルをぶるんぶるんと何度か振ってから、物干し竿《ざお》に丁寧に洗濯ばさみで留めている。智宏のこういう几帳面《きちょうめん》さというのが私にはまったくない。だから智宏に惹《ひ》かれたとも言える。私の視線に気づいた智宏が手を振る。私もメロンパンを齧ったまま手を振り返した。

子羊堂のメロンパンは、ほんとうのことを言えば、想像していたほどおいしくはなかった。けれど、私が起きる前に一時間も並んでくれた智宏のために、おいしそうに食べた。それが智宏に対して私がしなくちゃいけない最低限のことだからだ。

そもそも、友人の結婚式の二次会で、なんておいしそうにたくさん食べる人なんだろう、と思ったのが、智宏が私という人間に興味を持ってくれたきっかけだったらしい。私はそのことで自分という人間の長所が「ごはんをおいしそうに食べる」ということだと気づいてしまった。もちろん、私は食べることが大好きだし、そこに嘘はない。けれど、そこが自分の長所だと気づく前と後では、やっぱり少し意味が違ってくる。

大学のときも就職してからも、私という人間に興味を持ってくれる男の人は少なかった。というより皆無だった。大学は私立の共学に進んだが、女子校時代に羽を伸ばしすぎたせいか、まったくと言っていいほど、男の人にはもてなかった。私の容姿はまあ、十人の女の人がいれば、九番目か十番目だ。かなり太ってもいる。それは自覚している。二十代も終わる頃になって、おせっかいな友人の紹介で、二人の男の人とつきあったこともあったが、どちらも長くは続かなかった。最終的にはどちらからもふられた。三十歳になる前に同級生たちがばたばたと結婚したが、その波にはもちろん乗れなかった。

二人の男の人とつきあっただけで、えらそうだと思うけれど、男の人って、みんなほめられたいんだな、と知った。もっと俗な言葉で言えば、男の人をたてる、みたいなことだ。すごい仕事頑張ってるねー、とか、その腕時計すごい高そー、スーッすごいかっこいいねー、とか、そういう歯の浮くような言葉を男の人って本当に待ってるんだ、と気づいて心底驚いてしまった。私の容姿がもう少し人並みだったら、そんなことを言う必要はなかったのかもしれないが、容姿がマイナス査定な分、俺をほめとけよ、と言われているような強迫観念にかられてしまった。

男の人のそういう欲望に気づいてからというもの、私はほめて、ほめて、ほめまくってみた。ほめ言葉を浴びると、男の人はおなかを見せて床に転がる子犬みたいになる。その姿を見て正直なところ、引いたのは事実だ。引いただけでなく、疲れてしまった。だって、それじゃまるで小さな子どもとお母さんみたいじゃないか。私は女子校時代の仲良しの友人同士のような関係を男性にも求めていたのだ。自分のことも相手のことも、過度に卑下したり無理に持ち上げたりしなくてもいい関係。

「ほめときゃいいんだよ。もてるなんてちょー簡単」と、大学時代にもてまくっていた同級生が言い切ったことがあったが、あれは真理だった。交際しているときも結婚してからも、私はそういう嘘をつきたくなかった。ほんとうにそう思ったときに、そう言える相手とつきあいたかったし、結婚したかった。
だから、智宏の「ほんとうにごはんおいしそうに食べるねえ」という言葉は私にとって意外な変化球でもあったのだ。おっ、と思った。男の人にありがちな（私のサンプル数は少なすぎるが）ほめられたい、という願望も、智宏にはあまりないみたいだった。そもそも、ホームセンターの園芸コーナーで働いている智宏は高いスーツも腕時計も持っていないし、顔だって正直なところ私くらいのレベルだ。同じくらいに太ってもいる。結婚後、私が髪を短く切ったので、後ろ姿を見るとまるで双子みたいだ。年収は私のほうが多い。だけど、三十二歳で出会って三ヵ月で結婚したいと言われ、これを逃したらあとがない、と思った。死ぬまで一人で生きていけるほど私は強くないし、口うるさい母のいる実家からも飛び出したかった。

智宏は私に多くを求めないし、太っていることにも何も言わない。プロポーズの言葉は「知佳ちゃんのおいしそうに食べる顔をいつまでも見ていたい」だった。だから、その言葉にだけは応《こた》えようと心に決めた。智宏と何かを食べるときは、食レポをするタレントのような大げさな口調と態度になった。実際のところ、食欲がないこともあったし、今日の子羊堂のメロンパンのように、それほどでもないかなと思うこともあったが、おいしそうに食べることが私という人間と結婚してくれた智宏への礼儀だ。

それほどでもないかな、と思ったにもかかわらず、私は智宏が買ってきてくれたメロンパンをぺろりと食べてしまった。智宏が洗濯物をすべて干し終えて、部屋の中に入ってきた。

「ほんとうに知佳ちゃんは食いしん坊だなあ。そんなに食べたいなら僕の分あげるよ」

え、と思ったが、私はへへっ、と笑いながら目の前の智宏の皿のメロンパンを手にした。十代の頃はいくらだって食べられたものだが、三十五にもなるとメロンパン二個はなかなかきついものだ、と思いながらも、私はわしわしとメロンパンを口にしたのだった。そんな私を智宏がにこにこしながら見ている。三十五歳、アラフォーとくくられても結婚しているだけで十分幸せじゃないか。そう思いながら、口のなかでぱさぱさするメロンパンの欠片《かけら》をコーヒーで飲みくだす。メロンパン以外のものも飲み込んでしまったような気になりながら。


坂の上にある実家に来るのは、半年ぶりのことだった。父親の三回忌以来の実家だ。最寄り駅から山側にある家までは、長い長い階段が続く。実家にいた頃は毎日上り下りしていたのに、久しぶりだと息が切れた。母は今、実家でひとり暮らしだが、あの年齢でこの坂を上り下りしているのなら元気なはずだ、と思った。

妹の佳奈《かな》が里帰り出産をしに帰ってきたのだから会いに来なさい、と母から命令口調で言われた。「時間があれば会いに来たら？」というマイルドな誘い方をすれば私が絶対に実家に足を向けないということを母もわかっているのだろう。鉄製の階段の手すりに手をやりながら、片手にはフルーツゼリーの入った箱がある。なんだって崩れやすいゼリーなんて買ってしまったのだろうと思うが、駅前ビルのケーキ屋のガラスケースを見ていたら、どうしても食べたくてたまらなくなった。父がよくおみやげに買ってきてくれた店のものだ。

はー、はー、と息を吐きながら、階段の途中で後ろを振りかえった。太ももの裏あたりにじんわりとした疲れを感じる。はるか遠くにほんの少しだけ海が見える。天気がいい日は沖にある小島が見えるのだが、今日は太陽が厚い雲に隠れているせいか、目を細めてみても見えない。冬なのに、太っているせいで、すぐに汗をかく。私はバッグに入れてきたハンカチで額の汗をふいた。階段脇の家を見る。私が子どもの頃はこのあたりは山を切り崩してできた新興住宅地で、どの家もぴかぴかの新築だった。なのに、私と同じように年をとり、どの家もがたがきている。もう少し階段を上がったところにある私の家だって同じようなものだった。ここから見てもずいぶん古びた家に見える。外壁の色は褪《あ》せ、ベランダのあちこちには赤錆《さび》が浮き出している。

きい、という音を立てながら門扉を開いた。私が来る時間がわかっているからか、玄関ドアの鍵《かぎ》は閉められていない。「ただいまあ」と声をかけながら、ほんの少し黴《かび》臭い玄関で靴を脱いだ。母のつっかけに並んで、佳奈が履いてきたらしいスニーカーが玄関のすみに置かれている。

「うわ、お姉ちゃんすっごい汗」

居間から顔を出した佳奈のおなかを見て驚いた。すっごいのは佳奈のおなかのほうだ。

今にも破裂しそうな大きさだ。この前見た田辺さんのおなかの大きさなんて、まだまだなんだと改めて思った。

「はいこれ」とゼリーの箱を差し出すと、佳奈の顔がぱっと輝いた。

「あーこれなつかしいねえ」

私にはかなわないが、佳奈だって食べることが大好きなのだ。けれど、佳奈は私と同じ量を食べてもまったく太らない。今だって、大きなおなかをのぞけば、腕も脚も私よりずっと細い。「ちょっと佳奈早く扇いでよ」台所から母の声がする。おなかの下を両手で支えながら、佳奈がのっし、のっし、とお相撲さんのように歩いていく。洗面所で手を洗い、うがいをして、私も台所に顔を出した。つん、と酢飯の香りが鼻をつく。寿《す》司《し》桶《おけ》いっぱいの酢飯を母がしゃもじで切るように混ぜ、佳奈がそばでぱたぱたと扇いでいる。ぐうううとおなかが鳴った。

「今日は一人？」私の顔を見て母が言う。母は何を話しても詰問口調になる。子どもの頃からもう慣れっこになっているはずなのに、久しぶりに会うと、その口調の圧の強さに改めてぎょっとしてしまう。

「うん」

「それならそうと早く伝えてくれないと。智宏さんの分も作っちゃったわよ」そう言いながら、母は酢飯の上に手早く錦糸卵を散らす。

「ほら、知佳はぼうっとしてないで。お皿出して」

はいはい、と返事をすると、「はいは一回！」と母が叫ぶ。私は食器棚からお皿を出し、居間の座卓の上に運んだ。

ちらし寿司を盛り、ゼリーを載せた皿を仏壇に上げ、母は勢いよく鈴を鳴らす。

「ごはん食べるから線香はあとでいいね。ほらあんたたちも早く食べなさい」

早く早く、ぼうっとしないで。まだ家に来て三十分も経っていないのに、母は何度も同じことを口にする。実家にいるとき、もっと若い頃は、母に急《せ》かされることが嫌で嫌でたまらなかった。今は短時間だけ、と割り切っているからなんとか耐えられる。私も佳奈も母に急かされ、怒られていた。早く起きろ、早く食べろ、早く靴を履け、早く風《ふ》呂《ろ》に入れ、宿題は終わったのか、明日の用意はできたのか。軍隊か、と思うような怒声が飛ぶことがあった。私は佳奈より動作ものんびりで、体も太って大きかったから、母には余計にのろく見えたんだろう。母の怒声はもっぱら私に向けられた。

大学受験、就活と、母の早く早くというかけ声は変わらなかった。就活そのもののストレスより、就職先が決まらなければずっと母から叱られ続ける。その恐怖のほうが強かった。無事に就職できたと思ったら次は結婚だ。佳奈の結婚が私より先に決まったとき、母の早く早くは、最高潮に大きな声で叫ばれた。智宏と結婚したいという気持ちももちろん強かったが、何より私は母の「早く早く」から逃げたかった。智宏は母のように、早く早くとは言わない。それが決め手でもあった。母は智宏の外見や収入などに大いに不満があったようだが、とにもかくにも娘を早く嫁がせる、というミッションを遂行できてほっとしているのだと思っていた。なのに。

「昔タレントが叩《たた》かれたじゃない。羊水が腐るとかなんとか。あれだってあながち嘘じゃないわよ。出産なんて若ければ若いほどいいんだから」

ネットに載せれば確実に炎上するようなことを平気で言う。頼むからこんなことを外で誰かに言わないでほしいと心から思う。母の言葉は、私が普段あえて視界に入れないようにしている「世間」という実体のないものの声のように聞こえる。私は聞いているふりをして、うんうん、と母の言葉に頷き、ちらし寿司を食べ、お吸い物を口にする。

「もう、人の話をちゃんと聞きなさい」

生返事をしていることはすぐに母にばれる。早く食べるのと、人の話をちゃんと聞くのは同時にはできない。それでも、母が作ったちらし寿司はおいしい。お吸い物もおいしい。母の作るものは大抵おいしい。今日この家に来たのも母の料理を食べたかったからだ。出産前の佳奈に会いたい気持ちももちろんあったけれど、出産経験のない私が出産直前の佳奈に会ってもアドバイスできることも手伝えることもない。

母がこんなことを言う予感はあったのだ。臨月の佳奈に会わせて、おまえはどうなんだ、と責められるのではないかと。母の次の目標は私の妊娠。佳奈が産むんだからいいじゃん、と私は思うが、そういうものでもないらしい。お吸い物の椀《わん》を持った佳奈がテーブルの向こうから私に目配せする。子どもの頃からこうだった。母のくどすぎる説教が続くと、佳奈はいつもこんなふうに笑いかけてきた。母がお茶の準備をしに台所に立った。ふー、と佳奈と同時にため息をついて、また目を合わせて笑ってしまう。

「ええっと予定日はいつだっけ？」

「一週間後」

「えっ、でもおなか痛くなってから、ここからタクシー呼んで病院行くの大変じゃない？」

「うん、だけど、計画出産なんだよ。産む日はあらかじめ決まってるの。一週間後に病院に行って、陣痛を起こす薬を使うんだ。おなかが痛くなる前に病院に行くから何も問題ないよ」

「へええ、そういう産み方もあるんだ。すごいねえええ」

「驚いてるだけじゃだめ」背中からぴしり、と母の声がした。

「産むつもりがあるなら、一刻も早くなんとかしなさい。時間がないんだから。知佳には。佳奈だって遅いくらいなんだから」母が急須《きゅうす》の中に茶葉を乱暴に入れながら言う。

「お母さんは何歳で産んだんだっけ？」文鳥のように首を傾げて佳奈が聞く。

「二十四！」

「はっや」思わず私が言うと、

「早くない！」と一蹴《いっしゅう》された。二十四なんて、大学を出てまだ二年目だ。妊娠なんてしている場合じゃない。母は短大を出ているから、三年仕事をして、父と見合いで結婚を決めて、妊娠、出産、それも二回も。しかもそれから仕事をしないでずっと専業主婦だ。

それを考えたら、料理くらいうまくもなるよ、と心の中で文句を言った。

昼ごはんを食べたあと、佳奈と二人で二階に上がった。この家は一階に居間と応接間と母の寝ている和室と台所、洗面所、風呂、トイレ、二階には、私と佳奈が使っていた部屋がある。今は佳奈がいるからいいようなものの、父が亡くなってから普段は母が一人で暮らしている。寂しいだろう、と思うけれど、あの母が寂しそうにしている、という姿をどうしても想像できないし、わざと考えないようにしていた。私の部屋は物置のようになっているから、佳奈の部屋で二人、私が買ってきたゼリーを食べた。ベランダには見たこともないような小さなハンガーにこれまた見たことのないような小さな肌着やベビーウエアが干されていた。

「水通しって言って、一度、着る前に水洗いしておくんだって」

「なんか、赤ちゃんの脱け殻がいっぱい干してあるみたいだね」

と私が言うと、佳奈はふふっと手の甲を口に当てて笑った。笑うと目がなくなってしまうところも子どもの頃のままで、その佳奈がもうすぐ子どもを産む、っていうことに今ひとつ現実感がない。ゼリーは子どもの頃食べたときと同じ大きさで私が大人になった分、小さく感じる。子どもの頃は食べられるのならいくつでも食べたいと思っていたけれど、今はやっぱり一個で十分だな、と思った。

「あのさあ、おなか触ってみてもいい？」

「うん、もちろんいいよ」

どうぞ、という感じで佳奈が私に向き合い、おなかをぐいっと突き出す。このなかに人間がいる。そう思うだけで、なんだかおなかに向かって拝みたくなる気持ちになるのはなんなのだろう。思わず唾《つば》を飲み込む。この前の田辺さんの送別会を思い出した。会の終わり、許可もなく、田辺さんのおなかを触った上司はやっぱないよなあ、と思った。

手のひらでそっと触れた。もっとふわふわしているのかと思ったら、意外におなかの表面はかたい。

「元気がいいときはすっごく動くんだけど、今は寝てるみたいだねえ。……お姉ちゃんさあ」

「ん？」

「私、お母さんにはこの前初めて言ったんだけど、実はなかなかできなくてさ、不妊治療大変だったんだよ。それで、お母さんさっきお姉ちゃんにあんなに」

「あー」なるほど、と私は思った。

「姉妹でそういうところ似ちゃうこともあるかもしれないじゃん。私だって、治療してるとき、あと一歳若かったら、あと一歳若かったら、って先生に何度も言われて」

佳奈がカップの底のゼリーをスプーンで集めながら言う。

「あ、だけど、お姉ちゃんとこにはお姉ちゃんとこの事情があるだろうし。だけど、子ども産むならさあ、早くしたほうがいいよ。お姉ちゃん、もうそんなに」

「ばばぁだもんね」

「そういう意味じゃなくて。年齢が上に行くほど母親も生まれてくる赤んぼうもいろんなリスクが上がるんだよ。そんなこと誰も教えてくれないじゃん。私も治療始めてから知ったことも多くてさ」

「うん……」

教えてくれてありがとう、と言うべきなのか。私は迷った。自分の子どもなんて、正直考えたことはないのだ。

「年齢が上に行けば行くほど不妊治療のお金もかかるんだよ。お姉ちゃんとこ、だって智宏さんさあ……」

智宏の年収が私よりも低い、というのは、母にも佳奈にも言ってはいるが、実際のところ、具体的な数字を話したことはない。正直に言ったら母は腰を抜かすだろう。智宏の年収は私の半分ほどなのだ。

「うん、でも、赤ちゃんとか、まだぜんぜん考えてなくてさあ」とはいえ、赤んぼうができるような行為をしていないわけじゃない。ほかのカップルと比べたわけじゃないが、少なくともセックスレスのカップルではないと思う。でも、自分が妊娠することに今一歩踏み込めないのだ。

「お姉ちゃん、でもすぐに四十だよ。あと五年しかないんだよ。私だって三十一で不妊治療始めて、子どもできたの二年後だよ」

「うーん……」

「智宏さんは欲しがってるかもしれないじゃん」

今日の佳奈はがんがん来るなあ、と思いながら話を聞いていた。なんだか母がもう一人出現したみたいだ。その変化に驚いてもいた。子どもを持つと、多少なりとも女の人はこんな感じになってしまうんだろうか。母は下で何をしているのか、いつもは私と佳奈の話に強引に割り込んでくるのに、今日は二階にも上がってこない。もしかしてこの話を佳奈にさせるために私を呼んだのだろうか。

この電車は海まで続いているから、土曜日のこんな時間には都心に帰る家族連れをよく目にする。私の目の前には、赤んぼうを前に抱っこした若い母親と、二歳くらいの男の子を膝《ひざ》に乗せた父親が並んで座っていた。父親はどことなく智宏に似ている。その家族連れを見ながら、母や佳奈に言われたことを考えていた。

母や佳奈は当然、私が子どもを持つだろうという前提で話をしているけれど、子どもを持たない人生だって私は選ぶことができるのだ。どちらかと言うと、今はそっちの気持ちのほうが強かった。確固たる信念みたいなものがあって、子どもはいらない、と思っているわけでもない。そもそも、会社で妊娠、出産した人たちを見ると、大変そうで自分にはとてもできない、という感想しか持てない。いろいろ面倒くさそう。いろいろ手間がかかりそう。わけのわからない赤んぼうのときなら、まだ可愛い可愛いですむかもしれないが、産んでしまったら最後、当たり前のことだが、成長して大きくなっていくのだ。保育園に入れないとか、公園デビューとか、ママ友づきあいの煩わしさ、とか、そういうことにばっかり耳年増《みみどしま》になってもいる。

ふいに、三十五という自分の年齢が、ひどくぐらぐらした足場に立っているもののような気がしてくる。ぴんと張ったロープの上。その上でバランスをとっているみたいに。右に転べば、子どもを持つ人生。左に転べば子どものいない人生。今ならどっちにも転べるけれど、女性が子どもを持つ人生を選ぶにははっきりと期限がある。

電車を降りて、駅前のスーパーに寄った。

お菓子売り場の前でさっき電車のなかにいたくらいの男の子がひどいかんしゃくを起こしている。そばにいるお母さんも最初は猫なで声で応えていたが、男の子はきかない。何か買ってほしいものがあるらしいのだが、お母さんは買いたくないらしい。お母さんは一生懸命男の子をなだめている。男の子は頬を膨らませ、泣きながら何かを言っているが、なんて言っているかもわからない。その顔はぜんぜん可愛いなんて思えない。それでもお母さんは説得を続ける。ああ、えらいな。私なら、この段階で手が出ているかもしれない。

「もう知らない」とお母さんが言うと、男の子は床に大の字になって大声で泣き始めた。まわりのお客さんがちらちらと男の子に目をやっているが、その視線は、私同様、あたたかいものじゃない。それを見て無理、とやっぱり思う。子ども、無理。私には。

スーパーマーケットのビニール袋を提げて、自宅マンションまでの道を歩く。駅から五分。私の職場にも智宏の仕事場にも近い1DK。昭和四十九年築というレトロなマンションだから家賃は安い。ベランダの前を遮るようなものがないから、たくさん陽も入るし、風も通る。二人で暮らすには少し狭いのかもしれないが、昼間は二人とも仕事でいないのだから、食事と寝ることができる場所だけあればよかった。二人で食事のできるテーブル、二人だけが座れるソファ、二人だけが眠れるベッド。どれも高いものではないけれど、ひとつひとつを智宏と私で選んだ。私と智宏だけが快適に過ごすことのできる部屋。ここにさっきのスーパーで見た聞き分けのない子どもが増えるのかと思うと、かすかにぞっとしている自分に驚いてしまう。子どもが嫌いなわけじゃないのに、今の生活を乱されることが嫌なのだ。

二人分の食料、牛乳や豆腐や納豆や野菜、スーパーで買ってきたものを冷蔵庫に入れながら思う。智宏は子どものことをどう思っているんだろう。そもそもあの人は子どもが欲しいんだろうか。そんなこと話したこともなかった。振りかえると、カーテンを閉めていない掃き出し窓の外に、夕焼け空が広がっている。照明をつけずに窓に近づく。うーん、と私は思う。会話の糸口をどこに見つけたらいいのか。

シンクに置いたままだったマグカップを洗っていると、トートバッグのなかで携帯が震える音がした。タオルで手を拭《ふ》き、画面を確認する。土曜日も仕事をしている智宏からのLINEだった。もうすぐ帰るー。明日、何するー。疲れた、とつぶやいている猫のスタンプ。その画面を見ながら、子どもだ。と私は思う。智宏だけじゃない。私も。

私たちはまだまだ親になんかなれないよ。今日見た佳奈のはち切れんばかりのおなかを思い出しながら私は思った。

終業間近、パーテーション越し、隣の総務部から、わー、おめでとー、という声と拍手が聞こえた。パソコンの画面を見つめながらも耳をすますと、どうやら、また誰かが妊娠したらしい。うちの部署にいる女性社員は皆、口を閉ざしていたが、パソコンのEnterキーだろうか、ターンと叩く音がやけに大きく響く。

「またですか。まったく、どうなってるんだ。みんな申し合わせたみたいに」

実際に感想を口にしたのは八田さんだけだったが、そこにいる誰もが多かれ少なかれ同じような気持ちだったろう。まるで風邪がうつるように妊娠がうつっている。年齢的に産み時の女性がそれほどいるってことなのだろう。不妊の人もうちの会社に来れば妊娠するんじゃないか、と埒《らち》もないことを思いながら、私はパソコンで作業を続けた。

今日は佳奈が出産をする日だ。昼休みに携帯を確認したら、佳奈はすでに昨日入院し、母と旦那《だんな》さんもさっき病院に向かったというLINEが来ていた。何事もなければ、今日の夕方までには生まれるらしい。私も智宏と駅で待ち合わせをして病院に行く予定だ。

午後五時になったので、私はすぐさま机の上を片付け、会社を出た。出産を終えたら食べたいと言っていた佳奈のために駅ビルでプリンを買う。帰宅ラッシュで満員の電車のなかで人に揉《も》まれながら駅についた。改札口を出たところに智宏が立っている。私が手を振ると、その倍くらい振り返して笑った。私が手にしていたプリンの箱を智宏はすぐに持ってくれて、二人、手をつないで歩きだす。照れたりはしない。二人で歩くときはいつもそうだ。駅前の商店街を歩いているときに、母からメールが来た。

「あ、生まれたみたい。女の子だって」私が言うと、

「あああ……」と智宏が言葉にならない声をあげて足を止めた。

「どうしたの？」

「なんか緊張してきちゃった。赤ちゃんに会うの。生まれたての赤ちゃんなんか見たことないし」

「ははは。あっという間におじさんとおばさんになっちゃったね」

「おじさん……」

「いやなの？」

「ううん、そうじゃなくて。そっか、血はつながってないけど身内なんだよね」

智宏の声が商店街を流れるクリスマスソングに重なる。智宏とは血はつながっていないが、私とは血がつながっている。姪《めい》か、と思うと、その存在が自分の考えていた以上にずしんと胸にきた。なんとなく緊張している智宏と、なんとなく気が重くなってきた私は、手をつなぎながらもふらふらと病院に向かった。

佳奈の赤んぼうは新生児室みたいなところにいるのかと思ったが、母子同室の病院な

ので、生まれたてでも母親と同じ病室で過ごすらしい。佳奈のいる病室を受付で確認し、エレベーターで向かった。私が病室の引き戸を開けようとすると、智宏が私の腕を引っ張る。指さした先に、消毒スプレーがある。

「はいはい」と返事をして智宏がやっているように、私もスプレーを吹きかけた手のひらをこすり合わせた。そっと病室に入ると、佳奈はベッドで眠っていた。その側、透明なプラスチックでできた小さな箱に、足音を立てないように近づいた。そのなかに小さなお地蔵さんみたいな赤んぼうがいた。頭にガーゼでできた小さな帽子のようなものをかぶり、目をつぶっている。その瞼《まぶた》にはしっかりと長い睫《まつ》毛《げ》が生えていて、精巧な人形みたいだな、と思った。智宏も赤んぼうを凝視している。可愛くて見ている、というより、私たちはまるで観察しているみたいだった。

「お姉ちゃん……」背後で小さな声がした。

「遅くなってごめんね。おめでとう。赤ちゃん元気そうだね」と言いながら、プリンの箱を掲げて見せると、佳奈はお産の疲れなのか、げっそりした顔をしながらも、うれしそうに笑い返した。

「お母さんたちは外で夕食食べてまた来るって」よかったね、ちょうどいなくて、という顔で佳奈が言う。

私はベッドのそばの椅子に座った。佳奈が寝たまま、赤んぼうのほうを指さす。智宏が私たちの会話すら耳に入らないような真剣な表情で赤んぼうを見つめている。そんなに好きか。好きだったか赤んぼうが。紙の箱からプリンを出し、ベッドにゆっくり起き上がった佳奈にプラスチックのスプーンとともに手渡しながら、私の心はなんともいえず複雑だった。

予想どおり、智宏は帰りの電車の中でも心ここにあらずだった。

「可愛かったねえ」

隣に座る智宏に話しかけてもただ頷くだけだ。マンションに向かう道の途中でも言葉はない。何かをじっと考えているようだが、「何を考えているの？」と聞くのは怖かった。二人とも夕飯はまだ食べていなかったが、赤んぼうを見た興奮のせいなのか、私はあまりおなかがすいていない。

「おうどんでも作ろうか？」と聞くと、こくり、と智宏は頷く。帰宅して一人用の土鍋《どなべ》に薄味のだし汁を作り、冷凍うどんと斜め切りにしたねぎ、お揚げを入れ、うどんがほどよくほぐれ、火が通ったら卵を割って落とした。余熱で半熟卵になるように、土鍋に蓋《ふた》をしてガスの火を消す。そういえば、受験のときに母がよくこんなうどんを作ってくれたな、と思いながら、テーブルの前に座る智宏に出した。れんげと箸はすでに智宏が自分で自分の前に用意していた。

「おいしい？」静かにうどんをすする智宏に聞くと、

「うん、おいしい」とつぶやくように言う。

誰かに、あなたにとってしあわせとは何かと聞かれれば、自分がおいしいものを食べること以上に、智宏に何か作って食べさせるとき、そして、おいしいと言われたときと答えるだろう。聞いたこともないけれど、智宏だってきっとそうだろう。私がおいしい、と言いながら何かを食べるとき、智宏はほんとうにうれしそうな顔をするもの。二人のしあわせはそれで丸く結ばれて、それ以上のものが入ってくる余地はない。それで十分じゃないか。

「子ども、欲しいな。僕」

ああ。そう言うんじゃないかと思っていた。今日生まれたての赤んぼうを見て、子どもが欲しいなんてそれじゃおもちゃを欲しがる子どもといっしょだ。

「え――……」と言いながら私はふたつの湯飲みにお茶を注いだ。

「知佳ちゃんの子ども欲しい」

智宏は箸を置いてまっすぐな目で言う。産むのはこっちなんですけど。

「僕、赤ちゃん生まれたら、どんなことでもやるし、できると思うし」

そうだろうな、と思う。おむつ替えだろうとなんだろうと、智宏ならどんなことだって私より器用にこなすだろう。だけど、いちばん重要なのは、唇の内側にとどめているのは、私がいちばん触れたくないことだ。二人が触れなかったことだ。それを私は智宏にぶつけたくない。

「赤ちゃん、欲しくない？」

「……欲しくない」

私の言葉を聞いてひどく落胆した智宏を見ていると、自分がとんでもなく残酷な人間のような気がしてくる。

「今、欲しくないだけ？　これからもずっと欲しくない？」

「……考えられないな」

「考えようよ」

「考えたくないな」

「考えて、ほしいんだけど……」しつこく食い下がる智宏につい言葉が出た。

「うちの経済状態じゃ無理じゃないかな」

今度、言葉を飲み込んだのは智宏のほうだった。

「子ども増えたらこの1DKじゃ無理でしょ。そもそもこのマンション子どもだめだし。保育園だってこのあたりは待機児童が多いってニュースにもなったじゃない。そのあとずーっとお金がかかる。大学に行きたいって子どもが言っているのに、うちは無理だよ、なんて答えるの私いやだな。あ、奨学金で行けばいいなんていうの私は反対。大学のとき奨学金で通っている友達いたけど社会人になってから返済で大変な思いしてたからね」

つるつると自分の口から飛び出す言葉のすべてが智宏に刺さっているのがわかる。つまりは私が言っていることはこうだ。智宏の稼ぎが少ない。

「知佳ちゃんの心配はお金のことだよね」

智宏が口にしたお金、という言葉にぐっと詰まる。この人にこんなことを言わせたくなかった。智宏の経済状態のことなど理解して結婚したのだから。

「でも、それだけじゃないの。私、今でも二人で十分楽しいし」

「僕と知佳ちゃんの子どもが増えたらもっと楽しいよ」

「そんなすぐ……そんなすぐに、考えられないよ……」

「ゆっくり考えようよ二人でこれから」

そう言いながら、智宏は箸を持ち、土鍋の中に残っていた卵を割る。とろりとした黄身がだし汁に混じっていくのを見ながら、ゆっくり考えている時間は私にはあんまりないんだけどな、と私は心のなかでつぶやく。早く早く、という母の言葉がふいに耳をよぎったような気がした。


佳奈は一ヵ月ほど実家で過ごす予定のようだった。出産をしてから二週間後、智宏が仕事の土曜日、私は一人で実家に妹と姪の様子を見に行った。姪は里梨花《りりか》という今どきの子どもらしい名前がつけられていた。

里梨花は二階の妹の部屋にあるベビーベッドに寝かされていた。二週間前に見たときはしわしわだった肌は瑞々《みずみず》しく張りがあり、体も驚くほど大きくなっている。ふえふえ、と言葉にならない声を発していたが、それが少しずつ不満を訴える声のようになり、次第にはっきりとした泣き声に変わる。

「あー、またミルクか。さっき飲んだばっかりなのに」

佳奈はそう言いながら泣いている里梨花をそのままにミルクの用意をしに一階に下りていった。里梨花は歯のない口を開け、顔を真っ赤にして泣いている。顔の左右で小さな拳《こぶし》をぎゅっと握っていて、こんなに小さい人間なのに怒りをあらわにしているようでおかしくなった。佳奈はなかなか上がってこない。泣かせたままでいいのか、と思うけれど、まだ首もぐらぐらしている赤んぼうなんて抱いたこともなければ触れたこともない。うーん、どうしたらいいんだろう、と思いながら手を出せずにいた。佳奈が階段を上がってくる音がして心からほっとした。ほ乳瓶を手に部屋に入ってくる。

「お姉ちゃん、あげてみる?」

「ひ――」という私の叫びを無視して、佳奈は素早く里梨花をベッドから抱き上げ、私の腕のなかに渡そうとする。

「ひじのところで、首をしっかりおさえて。まだぐらぐらしているから」佳奈の言葉が怖い。首を支えなければと思うと、左肩が緊張して上がってしまう。里梨花はもう顔の半分が口のようだ。佳奈からほ乳瓶を受け取り、里梨花の口に差し入れた。驚くほどの強さで里梨花はほ乳瓶に吸いつく。その振動が指に伝わり、里梨花の勢いが余計に怖い。それでもなんとか時間をかけて、ほ乳瓶の半分ほど飲み終わる頃には、瞼が次第に閉じてくるのがわかる。

「おなかがいっぱいになるとすぐに眠くなっちゃうんだよね」

私の腕のなかの里梨花を見ながら佳奈が言う。さっきベビーベッドで見たときはずいぶんと大きくなったように見えたのに、こうして抱いてみるとやっぱり小さい。生後一カ月にも満たない赤んぼうはこんなに小さいのか。誰かがつきっきりで面倒を見ていないと、こんなに小さい生き物はすぐに弱ってしまうだろう。ほ乳瓶をゆっくり口から離すと、唇をむにゃむにゃと動かしていたが、ほどなくして眠ってしまった。

「すぐベッドに寝かせると泣いちゃうから。お姉ちゃん、私、ちょっと下でごはん食べてきていいかな？　昼ごはんまだなんだ。お母さん、今日病院でいないし」いいかな？と聞くわりには、私の返事も聞かずに佳奈は部屋を出ていった。よっぽどおなかが空いていたのだろう。

一人で面倒を見ていたらごはんを食べる暇もないのか、と思うと、やっぱり私には子どもなんて無理だと思ってしまう。妊娠して出産するまではなんとかできるかもしれないが、その後が無理だ。どんなに智宏がやってくれても、途中で飽きてしまうに違いない。そのことが怖い。飽きてしまうなんて、子育てにおいて絶対に許されないことだし、許されないということがそもそも怖い。やっぱり私には無理かもなあ、と思いながら里梨花の寝顔を眺める。ふいに里梨花の眉間《みけん》に皺が寄り、穏やかだった寝顔が泣き顔に変わりそうになる。佳奈はまだ食事中だろう。昼ごはんくらいゆっくり食べさせてあげたかった。

私は立ち上がり、窓の側に近づく。おくるみでくるまれた里梨花の体をゆっくりと揺らす。まだ花は咲いていないが、庭には亡くなった父が大事にしていた梅の木がある。一人死んで、一人増えたのか。梅を見ながら、私は里梨花の体をゆっくり揺らす。とんとん、と右手でそっと里梨花の背中を叩いてリズムをとりながら。誰に習ったわけでもないのに、そういう動作が自分のなかから自然に出てくることが私には不思議でならなかった。

実家からの帰り、子羊堂の前を通りかかると、ガラスケースのなかにいくつかパンがあるのが見えた。メロンパンをふたつ買った。明日の朝食にしようと思った。その紙袋を提げて智宏の働いているホームセンターに寄ってみた。あと少しで智宏の仕事が終わる。園芸コーナーを遠くからのぞいてみた。もう閉店の午後八時に近かったからお客さんの姿はほとんどなく、屋外に出してあったプラスチックケースに入った花の苗を智宏が店の中に運んでいるところだった。それを何度も繰り返している。園芸コーナーのチーフらしき人に呼ばれ、隅のほうで何か言われている。その人と智宏の表情を見る限り、ほめられている感じではない。智宏は何度も頭を下げている。私が結婚した人はかっこわるいなあと思いながら、くすっと笑ってしまう。

実家に帰って、里梨花に会って、私もなんだか疲れてしまった。今日はファミレスで夕食を済ませてしまおう。そんなことを考えながら、従業員出口の前で智宏を待った。智宏は私を見るとほっとしたように笑い、すぐに手をつないできた。一緒に働いている人も近くにいるだろうに、どうしてこういうことを恥ずかしく思わないのだろうと思う。

駅前のファミレスに入り、二人して小さなグラスビールとおろしハンバーグセットを頼んだ。私があまりに勢いよくハンバーグを食べるので、

「なんだか今日の知佳ちゃんの食欲すごいね」と智宏が驚いたような声をあげた。土曜日のファミレスには家族連れも多い。どこかで赤んぼうの泣く声も聞こえる。智宏がその声のほうに顔を向けるが、赤んぼうの姿はここからは見えない。

　里梨花が生まれたあの日以来、私たちは子どもの話をしていなかった。注意深く避けていた。

「子ども」と二人同時に言ってしまって、二人で顔を見合わせて笑った。

「どうぞお先に」私が智宏に手を差し出す。

「いや、知佳ちゃんからどうぞ」

「うん、じゃあ」私はウエイトレスのお姉さんが持ってきたコーヒーに砂糖もミルクも入れず一口飲んだ。

「子どものことはやっぱりよくわからない。今は欲しくないけどいつか欲しくなるのかもしれない。でも、もしかしたらほんとうは、ほんとうには、欲しくないのかもしれないとも思う。だけど、そんなふうに思ってしまう自分もいやで、でも智宏がほんとうに子どもが欲しいと思うのなら、私じゃない相手と結婚したほうがよかったんじゃないのかな、なんて」

「ばか」そう言った智宏の声は大きく、隣の席の人が会話を止めて、私たちのほうを見たほどだった。

「ばかって何よ」

「知佳ちゃんのばか」

「だからばかって言わないでよ」

「僕は知佳ちゃんとの子どもが欲しいって思ったんだよ。だけど、知佳ちゃんがいらないって言うなら仕方がないことだよ。子どもがいなくても僕は知佳ちゃんとずっと暮らしていきたいと思ってるんだから」

智宏はかっこわるい人だが揺るがないところは揺るがない。そうだった。こういうところが好きでこの人と結婚したんだった。だけど、どうだろう、といじわるな気持ちで私は考えてしまう。私と智宏は子どもがいない人生をこれから先、一度も後悔しないと言えるだろうか。智宏は私と結婚したことを後悔しないだろうか。

それでも、と私は思う。万一、私たちのところに子どもがやって来たら、もう腹を括ろうか。来なかったらそのときはそのときで。積極的な治療なんかはしたくない。自然に任せる、というのは、怠惰な逃げなのかもしれない。けれど、それは、怠惰な私たちにいちばん合っている方法だとも思えた。

「知佳ちゃんといっしょにいたいからいっしょにいる」

智宏は追加で頼んだパフェを柄の長いスプーンで突っつきながら言う。当然だと思っていることを、私たちは時々口にして確認し合わないとどこかで迷ってしまう。あーん、と智宏が声をあげる。生クリームが私の口のなかに入ってきた。

マンションに向かって二人、手をつないで歩いた。メロンパンのような満月が空の高いところに光っている。私たちの住むマンションは遠くから見てもぼろい。今度、大きな地震が来たらほんとうにまずいかもしれない。

1DKの私たちの部屋の繭のような部屋が続く。カーテンを閉めずに出て来たせいで、満月の光が私たちの部屋を照らしていた。照明もつけないまま、掃き出し窓に向かって置かれた二人がけの小さなソファに智宏と二人並んで座った。表面に錆の浮き出たドアを開けると、

「あ、子羊堂のメロンパン買えたんだ」私が言うと、

「やったあ。明日の朝が楽しみ」と子どもの声で智宏が答える。

明日が来ることが楽しみだと、二人でそう思えるのなら、もうそれで今は十分なんじゃないかなと、満月の光を見ながら私は思う。そのとき里梨花を抱いたときのミルクくさい香りが鼻をかすめたような気もしたが、もしかしたらそれは子羊堂のメロンパンの香りなのかもしれなかった。

無花果のレジデンス

「宮地《みやじ》さんもやってみる？」

　そう言って千草《ちぐさ》さんは黄色くなった梅の実をひとつ、僕の手のひらに載せた。

「このヘタを取らないとね、梅干しが苦くなったり、えぐみが出たりしちゃうのよね」

　老眼鏡をかけた千草さんは竹串《ぐし》の先端を使って、梅のヘタを器用に取っていく。僕も竹串を手にして千草さんのやっていることを真似してみるが、元来不器用なたちだからなかなかうまくいかない。ダイニングテーブルの上の笊《ざる》には山盛りの梅。皮が弾《はじ》けそうにぷくりと膨らみ、かすかに甘い香りを放っている。千草さんはヘタを取った梅を、広げた白いタオルの上に並べていく。今は瑞々《みずみず》しいこの梅が、いくつかのプロセスを経て梅干しになっていくのは、なんとも不思議な気がする。二十歳のときに亡くなった母も実家の庭に梅を干していたのをなんとなく記憶しているが、僕がそれを手伝ったことはない。

　ふいに視線を感じて横の和室に目をやる。

　遺影の牧村《まきむら》さんがこちらを見ている。その前には白い布に包まれた遺骨。亡くなってもう三年が経つのに、千草さんは牧村さんの遺骨を納骨する決心がつかないらしい。

「土の下に埋めるなんて、なんだかかわいそうで」いつか千草さんはそう言っていた。

牧村さんは営業部の部長で僕の上司だった。営業の「え」の字もわからなかったダメ社員の僕に、怒鳴りちらしながら一から根気よく仕事を教えてくれた人だ。僕と同じ静岡の生まれで、僕と同じオフロードのバイク乗りで、休みの日には二人でツーリングに行くことも度々あった。

酒を数え切れないくらい二人でのんだ。仕事の泣き言も愚痴も、「それはここだけの話にしておけよ」と言いながら黙って聞いてくれた。ひどく酔っぱらった僕をこのマンションに泊めてくれたことも何度もある。牧村さんにかわいがられていたのだ、という思いは、牧村さんが突然この世を去ってから余計に強くなった。

まだ五十五歳の働き盛りで牧村さんが亡くなったのは出張先のホテルでだった。前の夜に営業先の人と接待で酒をのみ、朝になったら牧村さんの心臓は動くことをやめていた。持病があったわけでもない。健康診断でも異常はなかった。死の予兆などなにもなく、ある日突然、牧村さんはこの世を去った。

牧村さんの死の実感を持てないまま、三年が経ってしまった。それは奥さんの千草さんも同じだろう。斎場でひどく取り乱した千草さんを見て誰もが不安になった。棺《ひつぎ》に取りすがり、人目も憚《はばか》らずまるで吐くように泣いていた。二人には子どもがいない。万一、千草さんが牧村さんの後を追うようなことがあったら。それを心配して、葬式のあとは、営業部の誰かしらが日を置かずに線香をあげに来ていたが、日が経つにつれ、それも潮が引くように少なくなり、今になってはここを訪れるのは僕一人になってしまった。

千草さんも僕もあの日から三年歳を重ねた。遺影のなかの牧村さんは三年前の顔で笑っている。僕がさっきあげた線香の香りがこのダイニングルームにも漂ってくる。

「でも、一人暮らしだからこんなに梅干しもいらないのよね。できたら、またもらってくれるかしら？　波恵《なみえ》さんに迷惑かな」

「いやあ、僕がすぐに食べちゃいますよ」

そう言いながら僕は竹串でヘタの部分を取り除こうとするがやっぱりうまくはいかない。目の前に座る千草さんは次から次へと器用にヘタを取っていく。牧村さんの二歳下で牧村さんが亡くなって三年が経ったのだから、千草さんももう五十六になる。三十四になったばかりの僕は、夫を突然に亡くした千草さんの気持ちを想像してみるが、うまくはいかない。悲しいだろう、とは思うけれど、ほんとうのところはわからない。その悲しみが三年の年月を経て、どう変わったのかも。

二年前、僕は二歳下の波恵と結婚した。五年の交際を経ての結婚だった。

好きだから、ずっといっしょにいたいから。結婚した理由はただそれだけだった。それだけで幸せだった。今だってめったに喧嘩《けんか》はしないし、よく話し、仲もいい。ましてやセックスレスとやらでもない。二人の間にはなんの問題もないのに、今、こんなふうに千草さんと梅のヘタを取っているような穏やかさが消えてしまっていることに僕は気づいている。波恵が「子どもが欲しい」と言ったあの日から。子ども、という存在は喜ばしいもののはずなのに、それが僕の心のなかでなぜだか重苦しいものになっている。ここに来る前、波恵は「来週、病院に行こうね」と笑いながら言った。

その言葉に気の重さを感じながら、僕は黙ったまま千草さんの前で、梅のヘタを不器用に取り続けた。

千草さんのマンションを出たのはもう夕方に近かった。帰る間際、きまぐれのようにさっと雨が降り、千草さんはビニール傘を貸してくれた。傘を差したままマンションを振りかえると、雲の切れ間に陽がさし、マンションの上に今にも消えそうな細い虹《にじ》がかかっている。光陽台《こうようだい》レジデンスというのが千草さんの住んでいるマンションの名前だった。

「レジデンスってよく聞くけれど、いったいどういう意味なんですか?」と、酒の席で牧村さんにいつか聞いたことがある。

「まあ、住居とか住宅って意味だよ。高級アパートって意味もあるけど、うちは高級でもなんでもない昭和にできたただの中古マンションだ。白い壁に青い瓦《かわら》屋根、ベランダには黒い格子。気をつけて見てみな。そういうマンションはだいたいレジデンスって名前ついてるから」

牧村さんの言うとおり、営業で都内を歩いているとそういうデザインのマンションに出くわすことがあった。入り口を見ると確かにレジデンスと名前がついていた。新しい建物ではないし、デザインはどちらかと言えば古くさい。けれど、僕はレジデンス、と同じ名前のつくマンションにどこかしら惹《ひ》かれるものがあった。牧村さんが住んでいるのと同じ名前のマンションに住めば、僕と波恵も牧村さんと千草さんのようないつまでも仲のいい夫婦になれるような気がした。

　結婚して一年目にマンションを買うことになったとき、波恵にこういうマンションはどうだろう、と提案したこともある。けれど、

「だめだめ。今はそういうマンションはヴィンテージマンションって言って若い人に人気があるから新築と値段もそれほど変わらないの。耐震のことだって心配じゃない、そんな古い建物」

　と波恵に一蹴《いっしゅう》された。マンション購入の頭金のほとんどは波恵の両親が出してくれることになっていたから大きなことは言えなかった。結局、僕と波恵が買ったのは、新宿《しんじゅく》で私鉄に乗り換え、多摩《たま》川を越えて三十分、駅からバスで十分、山を切り開いた造成地の上にある新築マンションだった。都心に比べれば、自然も残っているし、空気もいい。けれど、朝の地獄のような通勤ラッシュにだけはいつまで経っても慣れなかった。

　すっかり雨も上がっていたので、最寄り駅から歩いて帰ることにした。マンションまでは緩やかな坂が続く。土曜日の夕方、ベビーカーを押した若い夫婦や、はしゃぎながら走って行く小学生のグループとすれ違う。近くには保育園、小学校、大きな公園も図

書館もある。子育てにはとても良い環境です。それがこのマンションの売りでもあった。けれど、そのいかにも整備されすぎた環境に違和感を持つ自分もどこかにいるのだ。もう住み始めて一年以上になるのに、まるで微妙にサイズの違う靴を履かされているようだな。

家に帰ると、ダイニングテーブルのガラスの皿に無花果《いちじく》がいくつか載せられている。水を流す音がして、トイレから波恵が出て来た。

「おかえり、早かったね。千草さん元気だった？」

「うん、変わりないよ。……無花果、珍しいな」

「妊活にいいんだって。鉄分が豊富で女性ホルモンにもいいとかなんとか」

妊活……。何度聞いてもその音の響きに慣れない。

「睦生《むつお》も食べる？」

「いや、今はいいや」

「お茶でも淹《い》れる？」

「自分でするよ」

キッチンに向かい、手を洗って電気ケトルにペットボトルの水を入れ、スイッチを押した。ダイニングに向かい合わせになっているキッチンからは波恵の様子がよく見える。波恵は半分に切った無花果にフォークを刺し、口に運んでいる。小さな果物を食べているはずなのに、なぜだかそれが生肉を食べているような野蛮なものに見えてしまう。子どもの頃から、小さなつぶつぶがびっしり詰まっている無花果の断面が苦手だった。

「妊活」という言葉が僕と波恵との間で交わされるようになって数ヵ月が過ぎた。子どもが欲しい、と最初に言い出したのは波恵だった。そのとき僕は三十三、波恵は三十一。

「まだ、少し、早くないか？」

「早くはないよ」

「だって、波恵まだ三十一だよ」

「若くない若くない。男の人はいいかもしれないけれど、女の人は年齢と共に卵子も老化していくし、妊娠率だって低下していくんだよ。ぎりぎりになってあせるより、少し余裕を持って始めてみようよ」

女には時間がない。そう言われてしまえば返す言葉もなかった。子どもが欲しくないわけじゃない。いつかは欲しい、とは思っている。けれど、それが今なのかどうかわからない。子どもを持つということに対して曖昧《あいまい》な思いしか持っていない僕に波恵のとった行動は現実的なものだった。

年が明けると「これはもう必要ないから」と、コンドームの箱を紙袋に入れて、ゴミ箱に捨てた。基礎体温のグラフをつけ始め、薬局で排卵検査薬を買い、カレンダーには、いちばん妊娠しやすい日（それはどうやら排卵日の二日前らしかった）に蛍光ピンクのペンで丸がつけられた。

「タイミング法って言うんだって。まずはこれで試してみよう。だめだったら産婦人科に相談に行く。だから、この日は必ず早く帰ってきてね」

断言するように波恵は言った。波恵は結婚前まで旅行添乗員の仕事をしていたが、結婚を機に、友人の英会話スクールで受付や事務をするようになった。残業はほぼない。営業職の僕は、定時に帰れることはめったにない。営業先の接待にも時間が割かれる。けれど、どちらの仕事が大変か、という話を波恵にはしたくはなかった。

妊娠も出産も体に大きな負担がかかるのは波恵のほうだ。子育てだって僕がいくら時間を割いて手伝ったとしても、どうしたって負担がかかるのは母親のほうだろう。だからこそ、その最初の最初くらいは、僕は公平にやりたかった。そう思っていたものの、大変だったのは、決められた日にセックスをする、ということだった。それは僕の想像をはるかに超えて大変なことだった。

週末に妊娠しやすい日があたってくれたらまだいい。平日、それも仕事の忙しい日に、同僚や上司の目を気にしながら定時で帰るのは居心地が悪かった。ましてや、子作りのために早く帰るんです、と言えるはずもなかった。

そもそも。セックスとは僕にとって、さあ今から始めよう！　と思うものではないのだ。なんとなく始まり、なんとなく盛り上がり、なんとなく終わる。それで十分だったはずなのに、子作りという目的ができてから、僕のセックスは波恵の体のリズムの管理下におかれてしまったわけで、ぼんやりした欲情とはほど遠いものになってしまった。もっと正直に言ってしまえば、なんだか窮屈になってきたぞ、というのが本当のところだった。

　波恵は元々料理が得意なほうではなかったので、外食をしたりコンビニで買ったものが食卓に上ることも多かった。僕はとりたててそれについて文句を言ったことはない。けれど、子どもを意識し出してからは、波恵は急に栄養バランスに気をつけた料理を作るようになった。本や雑誌やネットで波恵が集めた妊活の情報が食卓を変えていった。タンパク質、葉酸、亜鉛、ビタミンE。食事をとる前には、栄養素の名前と、なぜそれが妊活に良いのか、というのを一言付け加えるようになった。例えば、納豆を食べるときには、

「納豆に含まれる葉酸って、妊娠してから慌ててとるよりも、受精卵が着床して細胞分裂が始まるときに体内にあることが望ましいんだって」と。

　小鉢に入った納豆をかきまぜながら、受精卵とか、着床とか、細胞分裂、という言葉を聞かされるのは、正直、心地のいいものではない。けれど、あるとき気がついた。波恵はもう母親なのだ。妊娠を意識したときから女の人は母親になってしまうのだ。僕が遅れをとっているだけだ。僕はまだ自分が父親だという自覚がない。

　その日の夕食も、鶏のささみのフライや、根菜の煮物、わかめときゅうりの酢の物、ほうれん草とアスパラガスとベーコンのサラダ、と、二人では食べきれないくらいの料理を波恵はテーブルに並べた。千草さんの家で鰻重《うなじゅう》をごちそうしてもらったせいであまり腹はすいていなかったが、それでも頑張って食べた。

夜は午後十時にはベッドに入った。裸になると、ふいに義務、という言葉が浮かぶ。それでも僕は始めた。波恵のなかに放つとき、頭に思い浮かんだのは夕方に波恵が食べていた無花果の断面のつぶつぶだった。ベッドサイドに置かれた照明が、裸の波恵を照らしている。波恵は受精しやすいようにと、腰の下に枕を敷き、腰を高くしている。痩《や》せている波恵のおなかはぺたりとして脂肪もなく、腰骨が浮き出ている。そのなかにたくさんの精子が蠢《うごめ》き、さらに奥には精子を待つ卵子があることが不思議でならなかった。このおなかがいつか丸く膨らんでいくときがくるのだろうか。

子作りを始めてから、僕と波恵との間でセックスの意味が変わったように、生理の意味も変わってしまった。タイミング法を始めた最初の頃は、生理がやってきたとき、波恵はまだ平静を保っていた。

「そんなにすぐにできるわけないもんね」とけろっとしていた。

ある夜。その日、接待で遅くなった僕の帰りは午前一時を過ぎていた。僕が遅くなると連絡したときには、玄関の灯《あか》りだけつけておいてくれるのに、ドアを開けても真っ暗だった。廊下にもリビングにも照明がついていない。もう寝てしまったのか、と、ソファの上に鞄《かばん》を置こうとすると、何かが当たった。暗闇に目をこらすと、波恵がそこに横になっているのが見えた。

「うわあびっくりしたああ」と僕は思わず声を上げたが、返ってきたのは波恵の泣き声だった。間接照明だけを灯《とも》すと、波恵はどうやら仕事から帰ったままの服装でここにずっといたらしい。足下に通勤用のバッグが放り出されたように転がっている。

「どうしたの？　仕事でなんかあった？」

そう聞いても黙って子どものようにしゃくりあげている。波恵が泣くのを見るのは、結婚式以来だった。波恵はめったに泣かない人だ。僕と喧嘩をしたときだって泣くことはない。まさか誰かが亡くなったとか？　と思ったが、それなら僕の携帯に連絡が来るはずだ。

僕は波恵の隣に座り、背中をさすった。波恵は手にしていたティッシュで洟《はな》をかみ、両手で顔を覆った。

「どうしたの？」僕は波恵に顔を近づけて尋ねた。

「来ちゃった……」くぐもった声で波恵が答える。

「え、なにが？」

「生理が」そこまで言って波恵はまたしゃくりあげるように泣く。

「そっか」と言ったものの僕はなんと言ってなぐさめていいのかわからない。生理が来たことでどこかほっとしている自分もいるのだ。

「私、健康だけが取り柄だから、子どもなんてすぐにできる気でいたの。生理も遅れてたし期待しすぎちゃって。……だけど、妊娠するのって難しいんだね……薬局でこれ買って準備してたのに……」

波恵は紙袋を僕に差し出す。中には開封されていない妊娠検査薬が入っていた。

「ごちそう用意して、最後に睦生にこれ見せたかったの。驚かせようと思って」

その言葉に無性に波恵が愛《いと》しくなった。それと同時に、おまえは父親になる気があるのか、と言われているような気もした。ふたつの感情がごちゃまぜになったまま、僕は波恵を抱きしめていた。波恵は本気なのだ。僕との子どもを本気で待ち望んでいる。

「病院に行こう」

「え……」波恵が顔を上げ、僕を見つめる。

「徹底的に調べてもらおう。悪いところがあれば治してもらって。専門家に診てもらうのがいちばんいいじゃないか。自己流で時間を浪費するよりも」

波恵が僕の首に手をまわす。その力の強さにもう逃げ場はないんだぞ、と誰かに言われているような気がした。波恵から長い間泣いていた人のにおいがする。そのとき、ふいに思い出した。牧村さんの棺が運ばれた斎場で泣き崩れた千草さんの体を抱えたときに、同じにおいがしたことを。けれど、なぜ今、千草さんのことを思い出すのか自分でもわからなかった。


波恵はネットで評判のいい不妊治療専門のクリニックを見つけてきた。まずは波恵の体が徹底的に調べ上げられた。

「どこにも問題はないってー」クリニックから帰った日の夜、波恵はこの前泣いたことなどまるでなかったかのように満面に笑みを浮かべ言った。だとするなら、もしかしてこの僕に原因が？　と頭をかすかによぎらないでもなかった。けれど、僕はEDではない。今までだって波恵の要求にきちんと応《こた》えてきた。まさか、と僕はその疑念を振り払った。

「ああ、おまえもあの検査すんのかあ……」

同僚の植田《うえだ》と二人、会社近くの蕎麦屋《そばや》で昼食をとっているとき、流れで子どもの話になった。植田にはすでに二人の子どもがいる。来週、不妊治療専門のクリニックで自分の体を調べてもらう、と話した僕に植田がうんざりするような表情を向けた。

「あれは、なかなか、男は精神的にくるものがあるよ」

植田は食べかけのカツ丼をそのままにして、湯飲みのお茶をごくりと音を立てて飲んだ。

「俺もやったことあるけど」そう言ったまま黙ってしまう。

波恵からはクリニックで精液を採取すること、検査を受ける前には三日間ほど禁欲することと言われていたが、検査方法の詳細まで聞かされたわけではない。

「カップ渡されて、個室でさ、まあ、その個室にはいろいろな材料、つまり」

植田が声をひそめる。

「つまり？」植田に顔を近づけて聞いた。

「雑誌とかDVDとか……」

植田は小さな声でそう言ったあとに咳払《せきばら》いをした。なんとなく気まずい雰囲気になり、それと同時になんだか食欲までも失《う》せてしまい、僕も箸《はし》を置いてお茶を口にした。蕎麦屋の店内に広がるのどかな昼時の雰囲気と、今、植田としている話の生々しさに差がありすぎる。

「かみさんのほうだって検査だなんだっていろいろつらいめにあったんだろうけど、俺はあの検査だけはもう二度としたくないね」

植田はそう言うと、箸を取りカツ丼を再び勢いよく食べ始めた。

「不妊治療なんてどっか自分の心を押し殺さなきゃできないもんだよ」

そう言って箸でたくわんを口に放り込む。植田が言う心を押し殺さないとできない不妊治療についてもっと話を聞きたかったが、植田はもうそのことについては何も話したくないのか、口のなかのたくわんをただ、音を立てて噛《か》んでいる。

翌週、僕は有休をとって会社を休み、一人でクリニックを訪れた。

予約をとっているとはいえ、待合室には人があふれかえっている。夫婦で来ている人も多い。皆、僕のように勤めを休んできたのだろうか。子どもが欲しいのに、それが叶《かな》わずにいるカップルがこれほどいることに驚いていた。そして、自分たちも、もしかしたらそのうちの一組になるかもしれないのだ。それ以上に緊張のせいなのか、一人で来ている僕の来院目的を、ここにいる皆が知っているんじゃないだろうか、と想像が変な方向に向かってしまう。僕が今日、精液検査に来たこと。これからこのクリニックですること。背中に嫌な汗が流れる。僕は耐えきれず、鞄の中からいつ使ったのかわからないマスクをして目を閉じた。

一時間以上も待たされ、やっと対面できた男性医師もどことなく疲れた表情をしている。僕の書いた問診票を確認し、簡単な検査の説明がされただけで、僕は看護師さんに採精室と呼ばれる検査室に通された。二畳ほどのスペースに一人がけのソファがあり、目の前にはモニターとヘッドフォンの置かれたテーブル、その横には大量のDVDと雑誌が整然と置かれている。まるでネットカフェの一室のようだった。室内用、大容量の消臭剤だけが、この部屋の意味を主張している。

僕はくじを引くように、DVDのひとつを手に取り、プレイヤーに入れた。もう何も考えたくはなかった。一刻も早く終わらせてしまいたかった。モニターのなかで体をくねらせる裸の女を見ながら、今ここで自分のしている行為を虚《むな》しいと感じるスイッチを切った。死ぬ間際には自分の人生のいろいろな場面が走馬灯のように流れていく、というけれど、僕が死ぬときにはこの小部屋のことを思い出したりするのだろうか。採精カップの蓋《ふた》を閉めながら、牧村さんは死ぬ間際にどんなことを思い出したのだろう、と僕はなぜだかそんなことを考えていた。

精液検査は日を開けてもう一度行われ、僕と波恵はその検査結果を聞くために、再びクリニックを訪れた。できれば僕の検査結果については僕一人で聞きたいと思ったが、波恵がいっしょについていくと言って聞かない。僕らは長い時間待合室で待たされ、診察室に呼ばれた。

男性医師がデスクの上で紙の束をめくって、何かを確認している。沈黙が診察室の中を流れる。僕も緊張していたが、隣に座る波恵も緊張しているのか、膝《ひざ》の上のハンカチをぎゅっと握りしめている。梅雨どきの今、クリニックの中だって、この診察室だってエアコンは利いているはずなのに、やたらに湿度が高いような気がするのはなぜだろう。子どもが欲しいというカップルの熱が湿度までも上げるのか。

「精液量、濃度、運動率が基準値よりも低いですね」

医師の声は冷静だ。僕の口のなかが乾いていくのがわかった。

「ただね、WHOの基準値に達していないというだけで、極端に低いというわけじゃない。男性機能はデリケートだから、体調やストレスによって値が変化しますからね」

「あの……」波恵が口を開く。

「妊娠は難しいんでしょうか？」

「タイミング法はもう試されているということだから、次のステップに進んでもいいのかもしれませんね」

「次のステップと言うと」波恵の体が前のめりになっている。

「奥様の体にはなんの問題もなく、ご主人のほうに、こうした軽度の男性不妊がある場合、ＡＩＨ、つまり人工授精を試される方がほとんどです」

　軽度の男性不妊という言葉がぐさりと僕に刺さった。

「具体的には……」診察室で口を開いているのは医師と波恵だけだ。僕はできることなら、もうこの場から一刻も早く立ち去りたかった。

「排卵直前のタイミングで、採取した精子を洗浄濃縮してカテーテルを使って奥様の子宮の奥に注入します。人工、という名前がついているから大げさな方法に聞こえますが、精液を子宮の奥に入れるだけで、赤ちゃんにも妊娠経過への影響もなく、副作用もない。自然妊娠となんら変わるところはありません」

　セックスしないのに?! と僕は思わず声を上げたくなった。どこが自然妊娠と変わらないのだ。それよりも気になる言葉が僕にはあった。

「あの、精子を採取する、というのは」そう聞く僕の声はかすれていた。

「自宅で採取して持って来てもらうという方法もありますが、うちには採精室がありますからね。そこで採ってもらうのが効率がいいでしょうね」

　医師はデスクの奥の棚から、カラフルなパンフレットを取り出し、僕らに差し出した。

「まずはＡＩＨ、それがだめなときは次のステップ、体外受精へ進むということで」

　まるで保険の営業のような口調で医師は言った。

　僕と波恵は無言で診察室を出た。僕は何も言えなかったし、波恵も僕にどんな言葉をかけたらいいのか迷っていたのだろう。待合室で会計を待つ間、僕は鞄から携帯を取り出してわざとらしく目をやった。

「……仕事のトラブルみたいだ。ちょっと会社に戻るね」

波恵の顔をまっすぐ見ることができないまま、クリニックを飛び出した。今日は有休をとっていたし、クリニックの後には波恵とどこかの店でゆっくり昼飯でも食べようと思っていた。僕はスーツですらないのだ。波恵も僕の嘘に気付いていたはずだ。

ごめん、と一言、波恵に言ったほうが良かったのかもしれない。そう思ったけれど、できなかった。男のプライドなんて意識したこともなかったけれど、医師の言葉でいちばん傷ついているのは、どう考えても、自分のなかにあるその部分なのだった。

その日は歓楽街にある居酒屋のカウンターで日の高いうちからしこたま酒をのんだ。誰に責められることもないだろう。いいじゃないかこんな日くらい。僕は自分で自分を甘やかした。気を許すと、男性不妊、という言葉が頭をよぎる。子どもの頃から大きな病気をしたこともない。高校生のときに初めてのガールフレンドができた。初めてセックスをしたのは大学生のときだったが、それだって遅くも早くもないだろう。波恵との間にだってなんの問題もなかった。恋愛も、結婚も、進学も、就職も順調な人生だった。自分の営業成績だって会社の業績だって悪くはない。新築のマンションだって買った。自分でも順風満帆な人生だと思う。自分の人生は大きな盛り上がりもなく、かといってこのまま低く沈むこともなく、進んでいくのだろうと思っていた。それなのに、なんだってこんなところで。

自分の体の見えないところが、見えないものが、人よりも少しだけ劣っているということに、どうして自分はひどく傷ついているのだろう。

「牧村さん」

思わずそう呼びかけてしまった自分に自分が驚いた。短い白髪交じりの髪と座ったときの背中の丸さが、どこか牧村さんに似ていた。自分のひとつ隣の席に座っている初老の男が不思議そうに自分を見ている。

「……すみません。ごめんなさい人違いでした……」

男にあやまってから、僕は牧村さんの好きだったホッピーを頼んだ。仕事で失敗したときや嫌な目にあったときは僕はいつも牧村さんに愚痴をこぼした。プライベートなことは相談したことはなかったが、子どものいない牧村さんになら、今自分が抱えているこの鬱屈《うっくつ》を理解してもらえるような気がした。まるで父親のように牧村さんに甘えていたのだ。けれど、その牧村さんがいない。ある日突然、姿を消したのだから、突然僕の前に姿を現すような気さえした。そう思ったら、ふいに涙が湧いた。

「土の下に埋めるなんて、なんだかかわいそうで」

千草さんが言った言葉の意味が今なら僕にもわかるような気がした。

僕はそれから店を三軒はしごし、どの店でも酒を大量にのんだ。見ず知らずの人にからんで、店の人に追い出されもした。最後に向かったのは、ほとんど行ったこともない若い女の子のいるキャバクラだった。僕はこの手の店は苦手だったはずなのに、なぜだかそこに足が向かった。そのときにはもうまっすぐに歩けないほど酔っていた。薄暗い店のなかで、クミと名乗る一人の女性が僕についた。二十二と言っていたが、僕とそれほど年齢は変わらないんじゃないかと思った。クミは僕に薄い水割を作り、退屈そうにあたりさわりのない話をしてくる。テーブルの上には、ドライフルーツとナッツの載った皿があり、クミはそのなかからひとつを選んで口に入れた。

「無花果って不老長寿の果物なんだってー、知ってた？」

黙って首を横に振りながら、女の人はなんだって食べものの効用を気にするのかと思った。波恵もいつかそんなことを言っていた。妊活にいいのだと。

食べたいから食べるじゃだめなのか。子どもだってそうだ。子どもなんてそもそも、作ろうと思って作るもんじゃないだろ。授かり物だと言うじゃないか。精液をあんな窮屈な部屋で無理矢理搾り取って、人工的に子宮に入れて、それで自然妊娠と変わりないだなんて馬鹿を言うな。酔った頭のなかで音にできない言葉が浮かんでは消えていく。ほんとうはこういうことを波恵と話し合わないといけないんじゃないか。だけど……。

僕がよっぽど怖い顔をしていたのか、クミが機嫌を取るように口を開く。僕の左手にある指輪にひとさし指で触れながら。

「お客さん、奥さんいるんだね。子どももいる？　お客さんみたいなパパいいな。優しそうで」

「子どもはいない」

僕の返事を聞きながら、クミはまた、乾いて小さくなった無花果を口に放り込む。

「できないんだよ」
ふーん、とクミは興味なさげだ。
「俺のせいでできないんだ」
クミが僕の顔を見つめ大きな声で言う。
「へええ、お客さん種なしなのぉ。それならやりたい放題じゃん。妊娠の心配もないし
い」
クミが言うようにまったくの種なしなら、子どものことをきっぱりとあきらめられた
かもしれない。
だけど精液の量とか濃度とか運動率とか。今日医師に言われたことがまた頭をよぎる。
あの医師の物の言い方だってなんだ。デリカシーがなさすぎる。男の、男の、男の……。
半ば怒った口調でクミに何かを言い返したような気もするが、ひどい酔いのせいで僕
の言葉は意味をなしていなかった。閉店時間を過ぎるまで僕はそこにいて、半ば追い出
されるようにして店を出た。道路の端に積み重なったゴミ袋にもたれかかるようにして
眠ってしまい、うすら寒さに目をさました。あわててタクシーに乗り、自宅のマンショ
ンの入り口に着くと、時間はもう午前三時近かった。
玄関も廊下もリビングも照明がつけっぱなしになっている。
波恵がダイニングテーブルにつっぷして眠っていた。テーブルの上には、キャベツを
添えたコロッケと、生姜《しょうが》焼き、肉じゃが、つまりは僕の好物ばかりがラップもかけられ

ずに並べられていた。テーブルに近づくと、波恵が気配ではっと目を覚まし、顔を上げた。僕を見て驚いた顔をしている。

「帰ってきてくれたんだ」

それだけを言うと、波恵は立ち上がり僕を抱きしめた。

「妊活、少し休もうか」

波恵が朝食のテーブルでそう言ったのは、僕がひどく酔っぱらって帰ってきた日の翌週の土曜日のことだった。あの日以来、僕と波恵との間では、妊活とか、子どもについての会話が交わされることはなかった。朝食のテーブルでだけ顔を合わせたが、僕の仕事も忙しく、あの医師に言われたことについては、二人とも触れられずにいた。

「私が子ども子どもって、なんだか急《せ》かしちゃったんじゃないかと思って。睦生、仕事も忙しいのにそのストレスもあったんじゃないかって。ちょっと反省したの」

波恵はそこまで言うと目を伏せ、紅茶を一口のんだ。今朝のメニューは、トーストと目玉焼きとブロッコリーとトマトだが、料理を出す前に栄養素の話とか、妊活にいい、とは一言も言わなかった。

「友だちがね、立て続けに妊娠して、なんだかあせる気持ちもあったんだよね」

梅雨の晴れ間、開け放した掃き出し窓からは、マンションの庭で遊ぶ子どもたちの声が聞こえる。

「ごめんね」波恵が頭を下げる。

「僕のほうこそ」と口を開いたものの、そこから先、何を言っていいのかわからなかった。波恵が僕にひどく気を遣って話していることが伝わってきたからだ。

「もう、あんまり妊活、妊活って言わないようにするね。あのさ」

「ん？」

「私も少し疲れちゃって。仕事のほうはそれほど忙しいわけじゃないから、私、どっか旅に出てもいいかな。十日間くらいは休めそうなんだ。本当は二人で旅行に行きたいけど、睦生、仕事でそれどころじゃないだろうし……また二人でずっと一緒にいたら」

波恵は最後まで言葉にしなかった。けれど、今の僕と波恵が二人でずっと一緒にいたら、話が子どものことに及ぶことは避けられそうにないということは容易に想像がついた。

「わかった」

僕がそれだけ言うと、波恵はやっとほっとしたような顔を見せた。

波恵が大きなキャリーバッグを転がして家を出たのはその翌日だった。

波恵はどこに行くとは言わなかったし、僕もどこに行くのかとも聞かなかった。

毎日、無事を知らせるメールを送ること。それだけ約束をして、波恵は僕の知らないどこかに旅立っていった。

波恵がいない間、僕はただ淡々と仕事をこなし、灯りのついていないマンションに帰った。確かに波恵の言うとおり、子どものことを考えなくてもいい時間が僕と波恵には必要だったのかもしれない。一人で過ごすうちに、負荷のかかっていた自分のどこかが確実に軽くなっていることを僕は感じていた。そんなことを考えてしまう自分にかすかな罪悪感を持ちながらも、一人ベッドで眠り、一人で目覚めて、仕事だけすればいい日を僕はどこかで楽しんでもいた。排卵日が近いから早く帰ってきてね、と言われることもない。

同僚や上司や営業先の人に誘われるまま、時間を気にせず、酒をのんだ。この前行ったクミのいる店にも同僚の植田を連れて行った。「種なしおじさん。また来たの」と言われても、そうだよ、と自虐的に笑って答えると、植田が「なんだよそれ」と首を傾げた。

波恵からは毎日メールが来ていた。

「私は元気に過ごしています。睦生は大丈夫？」と書かれたメールに、「大丈夫」とだけ返事をした。少しずつ波恵のいない生活に慣れていった。波恵が好きだから、いっしょにいたいから結婚をした。ただ、それだけだと僕は思っていた。けれど、僕の生活から結婚とともに、自由というものがいつのまにか大きく失われていったことに改めて気づかされもした。

土曜日には久しぶりにバイクに乗った。結婚してからは、事故があると怖いから、と波恵に乗ることを禁止されていた。子どもができてしまったら、たぶんもうバイクに乗ることなんて一生できなくなる。そこで僕は気づく。子どもができてしまったら。それは僕にとって楽しみではなく、恐れに近いものであることに。自分に原因があって子どもができないのなら、妊活もそこまでのことなんじゃないか。バイクに乗りながら考えた。子どものいない未来。波恵と僕だけがいる未来。そしてスピードを上げるたびに、頭をよぎった。波恵のいない未来。僕一人だけの世界。僕は広がっていく想像をそこで打ち切った。

ハンバーガーショップで夕食をとり、僕はマンションに戻った。細かい雨が降り始めていた。掃き出し窓を開けると、この季節にしては冷たい夜の風が部屋に入ってきた。冷蔵庫から冷えすぎている缶ビールを取り出し、ソファに座ってのみ始めた。ソファに座って眺めてみても、この3LDKのマンションは一人では広すぎる。

マンションを買うとき、いずれはお子さんもできるのでしょうから、と薦められるままに3LDKを選んだ。でも今になって思うのだ。そのときはまだ子どものことなど現実味のある問題ではなかったから選べたのだ。子どもなど、まだずっと先のことだと思っていたから。

マンションを買う前に、新築マンションの間取り図を数えきれないほど見た。同じ価格帯なら、ほぼ、どのマンションの間取りも同じようなものだった。広いリビングとダイニング、ダイニングに向いたキッチン。そして、同じくらいの広さの洋室が三つ。ひとつを夫婦の寝室にすれば、残りの二部屋は、子ども二人がそれぞれ使うことができる。夫婦に子どもが二人。あらかじめそういう家族像をモデルに設計されているのだ。今、子どもができるかできないかの瀬戸際にいる僕には、それが正しい家族像だと強制されているような気がして息苦しかった。

この部屋と同じ部屋がこのマンションには百以上ある。同じ間取りで、同じような年代の、同じような年収の、同じような家族が、このマンションで増殖している。そして、また頭に浮かぶ。無花果の断面のあのつぶつぶが。

「おまえ反抗期とかなかったタイプだろ。そういうのがやっかいなんだ。言いたいことの二割くらいしか言葉にしないだろ。それ以外は腹にため込んで。俺から言われたことは素直にやるけれど、それ以上のことはしない。営業マンとしてやってくならそれ致命的だぞ。何を考えているのかわからないって彼女によく言われるだろ」

いつか牧村さんに言われたことを思い出した。

僕が営業先にクレームを入れられたときのことだ。

牧村さんと僕とであやまりに行き、その帰り、長い時間、居酒屋で説教された。そのときは、そんなことないですよ、と曖昧な返事をしただけで、正直なところ言われているることの半分もわかっていなかった。考えていることや思っていることや感じていることを、言葉にすることが僕は苦手だ。母を亡くした二十歳の夏から、僕はそうすることを意識的にやめてしまったのかもしれなかった。

僕が言葉にする前に波恵は睦生の考えていることはこうなんでしょう、と自分の言葉にしてしまう。おおかたそれで間違ってはいなかったから僕も反論はしなかった。けれど、二人の間の子どものことについては、もっと、もっと言葉にして、お互いの気持ちを伝えるべきだったんじゃないか。久しぶりにバイクに乗ったせいなのか、ビール一缶で酔いがまわってきた。僕はベッドにも行かず、風呂《ふろ》にも入らず、ソファの上に寝転がった。こんなところで寝ていたら波恵に叱られる。ああ、そうだ。でも今、この部屋には僕一人しかいないんだったと思いながら、僕は深い眠りに引きずり込まれていった。

翌日訪れた千草さんの部屋のリビングの床には、男物の浴衣《ゆかた》や甚平が何枚も広げられていた。

「こんなにとっておいてもねえ」

牧村さんの衣類の整理をしているのだ、と言いながら、千草さんはそばにある浴衣を畳まずに、膝の上に広げて手のひらで撫《な》でている。

「着たいのがあったら遠慮しないで持ってってね。どうせ処分しちゃうんだから。あら、これなんか若い人でもいいんじゃないかしら」

そう言いながら、千草さんは僕に近づく。僕は立ち上がり、千草さんが手にした浴衣に手を通した。

「でも、浴衣の着方、僕わからないですよ。多分波恵も」

「かーんたんよ。腰紐《ひも》があればいいんだから」

千草さんは服を着たままの僕に浴衣を羽織らせる。襟を合わせて、腰紐で締め、あっという間に浴衣を着せてくれた。

「あら、丈がずいぶん足りないわねえ。あの人、足が短かったから」

ころころと声をあげて笑い、千草さんは目の端に浮かんだ涙を指で拭《ぬぐ》った。

「子どもがいたらこんなかしらねえ」

子ども、という響きにどきっとした。母が生きていれば、今の千草さんより少し年上くらいだろう。僕のまわりをぐるりとまわりながら、千草さんは似合う、似合うわね、と声をあげる。

「お茶でも淹《い》れるわね。おいしい水羊羹《ようかん》があるのよ」

千草さんがキッチンに向かう。僕は浴衣を脱ぐタイミングを失ったまま、ダイニングテーブルに座った。

梅雨寒のその日、千草さんの淹れてくれた熱い煎茶《せんちゃ》がおいしかった。水羊羹をおいしいと思ったことなどあまりなかったけれど、熱い煎茶とひんやりとした水羊羹の甘さに僕はほっとしていた。どこからか、子猫の鳴き声が聞こえたような気がした。それが次第に大きくなってくる。猫ではない、人間の赤んぼうだと気がついたのは、その声がずいぶん大きくなってからだ。壁越しに赤んぼうの声が聞こえてくる。

「お隣、赤ちゃんが生まれたばかりなのよ。ここ、古いマンションでしょう。泣き声がよく聞こえてね。でも、いいものよね。赤ちゃんの泣き声って。一人でいてもなんだか励まされてる感じがするわ。泣き声って言ったって、悲しくて赤ちゃんは泣いてるわけじゃないでしょうけど」

「あの……」

千草さんが湯飲みを持ったまま僕の言葉を待っている。

「僕たち、僕と波恵、実は子どもを持とうと思ってるんです」

「まあ、そうなの」

「だけど、それがあんまりうまくいってなくて……今はいろいろ方法があるみたいなんですけど」

自分に理由があるとは口にできなかった。

「そうだったのね……」千草さんはしばらくの間、黙ったまま湯飲みを見つめていた。

「牧村はね、宮地さんが結婚して子どもが生まれたら俺が名付け親になるなんて言ってね。そんな赤ちゃんのことなんて絶対に他人が口出しするもんじゃないわよって、ずいぶん釘《くぎ》を刺したのよ。うちも……子どもがいないでしょう。若いときは牧村の家の者にいろいろ言われたこともあったのよ。だからね」

僕は何も言えずに黙っていた。

「子どもには縁がなかったのね。私たち」

さっきまで聞こえていた赤んぼうの泣き声はもう聞こえなかった。ミルクをもらっているのだろうか。それともおむつを替えてもらったのか。

「私か牧村、どちらかに問題があったんでしょうけど、昔のことでしょう。調べてもらうこともなかったし理由なんてわからなかったのよ。でも、理由がわからなくて良かったような気もする。はっきりさせなくてもいいことだってあるもの」

はっきりさせなくてもいいこと。僕に原因があるということ。それがわからないままだったら……僕と波恵はどうなっていただろう。

「でも、それは私と牧村の場合よ。くわしいことはわからないけれど、今は治療もいろいろあるんでしょう。それがうらやましいと思うこともあるのよ……こんな歳になっても、今の時代だったら、子どもを持てたのかもしれない、なんて考えることもあるしね。子どもがいたら、牧村がいなくなったあともこんなに寂しくなかったのかな、なんてね」

赤んぼうの泣き声が聞こえなくなったダイニングはしんと静まりかえっている。毎日この静けさのなかにたった一人でいる千草さんを考えると胸がつまった。

「でもね、最後まで二人で過ごせた。私と牧村はそういう二人だったのよね。今はいい思い出ばかりよ。強がりでもなんでもなくて……ずいぶんたくさん喧嘩だってしたけれど、子どもがいなくてもね、どんな毎日もかけがえのない日々だった」

僕は隣の和室に目をやった。牧村さんの遺影と遺骨。遺影の牧村さんは、三年前と同じ顔で穏やかに笑っている。

「あのね、宮地さん、私、もう一人で大丈夫よ」

千草さんは遺影の牧村さんと同じように穏やかに笑いながら言った。

「あなた、私のこと気遣って、牧村がいなくなったあとも、休みの日なのにこうして来てくださって。牧村がいつも言ってたわ。宮地はやさしすぎるって。それで損ばかりしてるって」

「え、でも……」

「梅雨が明ける頃に故郷の山形に帰ることにしたのよ。このマンションも一人じゃ広すぎるもの。両親はもういないけれど、向こうにはまだ妹の家族もいるし、その近所に住もうと思ってね。牧村のお墓も実は向こうに買ったのよ。そこに納骨するつもり。遺骨もいつまでも私が抱えていたら、牧村が天国に行けないんじゃないかな、なんて考えてね」

「……そうですか」

「いつか山形に波恵さんと二人でいらっしゃいよ。いいところよ。その前にさくらんぼを送るわね。妹の家はさくらんぼ農家なの。もし、赤ちゃんができたら三人でいらっしゃい。ああ、こういうこと言ったらだめね。ごめんなさい。牧村にあれだけ口をすっぱくして言ったのに」

千草さんは笑いながら言った。

「でもね、私、宮地さんならきっといいお父さんになると思うわ」

お父さん。自分のことを誰かにそう言われたのは生まれて初めてだった。千草さん以外の誰かに言われたのなら、僕は無駄に抵抗したかもしれない。けれど、千草さんが口にしたその言葉は、やさしく降る雨のように自分にしみこんでくるような気がした。

僕は千草さんが選んでくれた牧村さんの浴衣を一枚もらい、千草さんの住む光陽台レジデンスをあとにした。前と同じように傘を差したまま振りかえり、牧村さんと千草さんが長い間暮らしたレジデンスを見た。千草さんがいる七階のあたりは、梅雨の雨でかすかに烟《けぶ》っているようにも見えた。

なんとなくぼんやりとした気持ちを抱えたまま、僕は駅からマンションまでの道をバスに揺られていた。雨の休日のせいなのか、いつもより人が多い。僕はひとつだけ空いていた席に座った。途中から、赤んぼうを前に抱っこした僕より若く見える母親が乗ってきた。この近くにあるスーパーマーケットの白い袋を両手に抱え、ずいぶんと疲れた顔をしている。その母親が近くに立ったので、

「どうぞ」と僕は席をゆずった。

「すみません」と頭を下げながら、若い母親は座席に座る。

僕はつり革につかまり、見るともなしに流れていく窓の外の景色を見ていた。ふいに、自分の腕になにかが触れた。下を見ると、母親に抱かれた赤んぼうが自分の小さな拳《こぶし》を口に入れたあと、広げた手のひらで僕の腕を摑《つか》もうとしている。若い母親はよほど疲れているのか、目をつぶったままで、赤んぼうがしていることに気がつかない。

赤んぼうが男の子か女の子かもわからない。何カ月かとか、もう歩けるのか、何を食

べているのかもわからない。僕にとっては赤んぼうというのが未知の生物なのだと改めて思った。赤んぼうがなぜだか僕の顔を見て、にいっと、笑った。その顔には、僕への恐れがまるでない。生まれてきたばかりなのに、そんなに警戒心のないものだろうか。赤んぼうの肌は大人よりもたくさんの水分が含まれているのか、まるで両生類のようだ。大きく見開かれた目はどこにも濁りがなく、白目は青みすら帯びている。

僕は自分の口角が上がっていくのを感じていた。無理に笑顔を作っているようにすら見えたかもしれない。けれど、赤んぼうは僕の顔を見ると、さっきより嬉《うれ》しそうに笑った。その赤んぼうの反応に自分のどこかがひどく喜んでいることに気づいて僕は驚いた。

赤んぼうをかわいいだなんて今まで一度も思ったことはなかったのに。

ふと、千草さんにさっき言われた言葉が耳によみがえった。

いいお父さんになると思うわ。

そうだろうか。そう言われても、まるで自信などない。それ以前に子どもができるかどうかもわからないのに。そのとき、どういうわけだか、バスが大きく揺れた。僕は赤んぼうが押しつぶされないように、寄りかかってくる乗客を必死に背中で受け止めていた。

波恵が旅に出てからすでに一週間が経っていた。

旅に出たばかりの頃は、一人の生活を満喫していたはずなのに、日が経つにつれ、僕は不安になった。もっと正確に言うなら、寂しかった。

毎日、「私は元気にしています。睦生は大丈夫？」というメールは来ていた。それに判で押したように、僕も「大丈夫」と返し続けていた。けれど、僕は今、波恵がどこにいるのかもわからないのだ。もし、波恵がこのまま帰ってこなかったら。ほんとうは大丈夫、ではない。波恵がいなくて寂しい、とメールを打つべきなのだろうとわかってはいるのに、どうしてもそれが伝えられないでいた。

その日もやってもやっても終わりの見えない仕事を途中であきらめて、僕は待つ人のいないマンションに帰った。

自分で部屋の灯りをつけ、コンビニで買った適当なもので夕飯をすませた。テーブルの上には、缶ビールの空き缶や、昨日食べたコンビニ弁当のゴミがそのままになっていた。洗濯すらろくにできていない。明日こそは早く帰って掃除や洗濯をしようと思うのだが、つい仕事を優先してしまっていた。波恵がほんの少しいなくなっただけでこの有様だ。今まで波恵に家事を任せきりにしていたことを反省したりもした。もし、子どもができたらもっと大変になるのだから。そう考えている自分にはっとした。

そのとき、携帯が震えた。

一度も使ったことのないFaceTimeの着信。波恵の名前が表示されている。慌ててスライドして応答した。最初にピントの合っていない波恵の顔が映り、すぐに画面は夕焼けの海岸に変わった。国内でない。外国のどこかだ。ハワイ？　バリ？　名前がいくつか浮かぶが、旅行添乗員をしていた波恵がそんな人の多い観光地に行くわけがない。溶けたオレンジのような太陽が今まさに沈もうとしている。絶え間ない波の音。まわりに浮かぶ雲も夕焼けに染まりながら形を変えていく。波恵はどこか遠い国の夕焼けを映しているだけで何も言わない。

「波恵」

呼びかけても返事はないが、僕に対して怒っているわけでもないという気がした。話はしたくない。けれど、この夕焼けを僕に見せたいのだろう。僕もただ黙って波恵が映す夕焼けを見つめ続けた。夕日がすっかり水平線の向こうに沈んでしまうと、あたりは途端に暗くなった。たった一人で危なくないのだろうか、とふと不安になったが、海外慣れしていない僕と違って、波恵はどんな世界の果てにだって、たった一人で行ってしまう人だった。そんな行動力と勇気のある波恵を僕は好きになったのだ。そのことを思い出した。自由を奪われ、3LDKのマンションに縛り付けられたような気持ちでいたけれど、同じ間取りに波恵を閉じ込めたのは僕だ。子どもが欲しいという波恵の気持ちにうまく寄り添えなかったのも僕だ。僕たちは若いようでいて、それほどもう若くはない。未来には限りがある。千草さんが言うように僕と波恵の毎日をかけがえのない日々にするのだ。ふいに、バスの中で見た僕に笑いかけた赤んぼうの顔が浮かんだ。あんな笑顔を守れるかどうかはわからない。でも、やってみる価値はあるのかもしれない。

「波恵」

僕はもう一度呼びかける。

「寂しい」とだけ僕は言った。しばらくの間があって波恵の弾けたような笑い声が聞こえた。

「やっと言ったか」

鼻の頭が真っ赤に日焼けした波恵の顔が画面に大写しになった。

「もう一度言って」

「寂しいからすぐに帰ってきてほしい」波恵が調子に乗っているのはわかったけれど、僕もやけになって大きな声で叫ぶように言った。

「明日のいちばん早い飛行機で帰るよ」

それだけ言うと突然、画面が真っ暗になった。

さっきまで聞こえていた波の音がまだ聞こえるような気がした。３ＬＤＫのマンションのリビングに一人で突っ立ったまま、携帯を手に僕はもう一度耳をすました。

私は子どもが大嫌い

カウンターの奥から赤んぼうの泣き声が聞こえて、茂斗子《もとこ》は顔を上げた。大粒のコットンパールが幾粒も入ったビニールの小袋を手に、さて、これで何を作ろうかな、とわくわくしていた気持ちが一瞬でかき消されてしまった。

会社帰りに行きつけのアクセサリー素材を扱う店をまわり、たくさんの買い物を済ませ、一息つこう、この店なら子どもはいないだろう、と入った純喫茶風の店だった。

茂斗子は入り口近くの壁際の席に座ったから、右奥にあるカウンターに座っている客まで視線が届かなかった。赤んぼうを前に抱っこした、明らかに茂斗子より若い母親が、席から立ち上がって体を揺すりだした。どういう作りになっているのか、赤んぼうの後頭部に布があてられていて抱っこしている母親からも顔が見えないようになっている。

首を支えるためだろうか、と茂斗子は考えたが、そこまで考えて、『首もすわっていない赤んぼう連れてコーヒー飲みにくるな、我慢しなよ、それくらい』という乱暴な言葉がすぐに頭のなかに浮かんだ。けれど、その思いは茂斗子のなかで『　』で語られるだけで、一生口にするつもりはない。

隣に座っているニットキャップの髭《ひげ》の男は夫だろうか。

時折、赤んぼうのほうに目をやるが、手助けをするというわけでもない。視線の八割は手元のスマホに向けられている。

『今、スマホ見てる場合じゃないじゃん！』

赤んぼうの泣き声は次第に大きくなる。茂斗子の眉間《みけん》に皺《しわ》が寄る。眠くて甘えてぐずっている泣き方ではなく、明らかにおなかが減った、とか、おむつを替えてくれ、とかの生理的欲求に基づく叫びだ。子どもがいない茂斗子でさえ、そう思えるのだけれど、二人がそれを解消してやる気配はない。カウンターの向こうにいる店主も母親や父親と顔見知りなのか、泣き叫ぶ赤んぼうに、「泣かない、泣かない」と情けない声を出す。

『そんなんで泣きやむもんか！　泣きたいのはこっちのほうだ！』

ここは茂斗子が安らげる店ではなかったのだ。店に入った瞬間、赤んぼう連れがいることに気づかなかった自分が悪い。ファミレスはもちろん、最近はカフェだってあやしい。茂斗子は心のなかでつぶやく。

『今や、赤んぼうや子どもはどこにでも顔を出す。こんな時代後れの喫茶店にも地雷が隠れていたとは』

コーヒーはまだ半分以上残っていたが、茂斗子は店を出ることにした。レシートを見ると、手書きの文字で五百二十円と書かれている。『意外に高！』と思いながらも、小銭でぴったり払って店を出た。

総武《そうぶ》線と中央《ちゅうおう》線を乗り継いで家に帰った。

もう午後八時を過ぎているが、塾のイニシャルの入ったリュックを背負った子どもたちが四人、ドアの近くに陣取って動かない。電車が駅に停まり、降りる人たちに、露骨に邪魔だという顔をされても、気づかないのか、わざとなのか、子どもたちはそこをどこうとしない。こういうとき、ぴしり、と注意のできる大人になれればどんなにいいだろうと茂斗子は思う。

『あなたたち、邪魔よ。そこをどきなさい』

毅然《きぜん》とした態度で子どもを叱る自分を夢想するが、やっぱり無理だ。

茂斗子にそんな勇気はない。「うるせえ、おばさん、何言ってんの」とでも言われたら、もう何も言い返せなくなるだろう。あの有名進学塾に通うような子どもだ。頭も切れるだろう。子どもに論破されたら、死ぬほど恥ずかしい。できるだけ面倒には巻き込まれたくない。茂斗子にとって、赤んぼうや幼児に比べれば、小学生はまだましな存在、ではあったが、やっぱり子どもは好きじゃない。つり革に摑《つか》まりながらそう思っていたら、つい一人の男の子の顔をにらんでしまった。高いアウトドアブランドのフリースのジャンパーを着たその子が、茂斗子の顔を見ながら隣の男の子に何かを耳打ちし、二人でくすくすと笑い声を立てている。茂斗子は心のなかで絶叫した。

『やっぱり私は子どもが大嫌い!!!』

茂斗子は今月、三十六になった。

恋人はいない。結婚はしていない。もちろん子どももいない。独り身のアラフォーである。同級生の友人たちは、「もうアラフォーだよ私たち、信じられない!!」と(とくに未婚者は)自虐的にその言葉を使ったが、時空が歪《ゆが》みでもしない限り、人は一年で一歳、歳をとる。誰もがいつかはアラフォーになるのに、と茂斗子は思った。

実際のところ、茂斗子は三十六でも四十でも、自分の年齢などいくつでもよかった。そんなことを面と向かって茂斗子に言う人はいなかったが、ばばぁと呼ぶなら呼んでくれ、と常々思っていた。できれば早くおばあさんになりたい。そして、穏やかに死んでいきたい。それが茂斗子の願いだった。

茂斗子の家は東京西部、新宿から中央線に乗って二十分、大学の多い町にあった。駅からまっすぐに延びた大学通りを十分ほど歩き、脇道に入ってさらに五分。四階建ての建物の一階部分には茂斗子の両親が住み、二階から上をワンルームにして人に貸していた。茂斗子はその最上階の四階、角部屋に住んでいる。茂斗子は建物右奥にあるエレベーターホールには向かわずに、門扉を開けて、猫の額ほどの庭を抜け、両親の住む家に向かった。玄関ドアは茂斗子が帰ってくる時間になると、母が鍵《かぎ》を開けて待っていてくれる。

ドアを開けると、眼鏡のレンズが白く曇った。クリームシチューかな、と思いながら、玄関ドアの鍵をかけ、靴を脱ぐ。廊下を進んでリビングのドアを開けると、父がマッサージチェアに座って夕刊を広げているところだった。

「ただいま」と声をかけると、父は何年ぶりかに茂斗子に会ったかのように満面の笑みを浮かべる。その顔を見るたびに、私のことがほんとうに好きなんだな、と茂斗子は思う。母はキッチンから茂斗子用の食事をトレイに載せて運んできた。たっぷりのクリームシチューが、器からあふれそうになっている。茂斗子は椅子に座ると、器の縁についたシチューを指で拭《ぬぐ》って舐《な》めた。

「もう、行儀が悪い。早く手を洗ってうがいしなさい」

母に怒られ、茂斗子は慌てて洗面所に向かった。

鶏《とり》もも肉、小玉葱《たまねぎ》、じゃがいも、人参《にんじん》、ホワイトマッシュルーム、ブロッコリーの入った母自慢のクリームシチュー。茂斗子の大好物だった。それになぜだかいつも、ガーリックトーストが添えられる。バゲットをちぎって口に入れると、溶けたバターがじゅわっと口のなかに広がり、にんにくの香りが鼻に抜ける。ガーリックトーストにシチューをつけて食べるのがまたおいしい。母はテーブルの向かいに座って、父はマッサージチェアに座ったまま、茂斗子が食べるのを眺めている。子どもの頃からそうだった。茂斗子が何かを食べているとき、この二人はそれが人生最高の喜びのような顔をする。

「おかわりはたくさんあるからね」

それも母のいつもの言葉だった。おなかはもうぱんぱんに膨れていたが、「もう少しだけ」と空になった器を手に立ち上がると、母がうれしそうな顔で見上げる。その顔を見ると茂斗子もほっとした。

朝食は自分で作って自分の部屋で食べるし、昼食は社食か、何かを買いに行くか、外に食べに行く。けれど、夕食を両親と食べるというのは、前の木造二階建ての家を壊して、両親の住居兼賃貸マンションに建て替え、同じ建物とはいえ、両親と茂斗子がほんの少し離れて暮らすようになったときからの習慣になっていた。

一日一回は顔を見せてよ、だって心配なんだもの、と母に言われると茂斗子も逆らえない。それに両親は茂斗子と同じ年齢の子どもがいる親に比べて、多分、十歳以上年齢が上で、二人とも、もう八十を超えている。どこからどう見ても、おじいさんとおばあさんなのだ。茂斗子が顔を見せて安心させる、というより、茂斗子が両親の顔を見て元気なことを安心するべきなのだ、と思っている。だから、よっぽど抜けられない飲み会などがあるとき以外は、休日であってもできるだけ、両親の住居で夕食を食べるようにしていた。とはいえ、両親はほとんどの場合、先に夕食を食べ終えているし、茂斗子が食べ終えれば、両親はもうすでにベッドに入る時間だ。

「火の元と戸締まり気をつけてね」

そう言いながら玄関で靴を履く茂斗子のバッグに、母はもらいものの饅頭《まんじゅう》やみかんを詰め込もうとする。毎日こうだ。ありがと、ありがと、と言いながら、茂斗子も母にされるがままにしている。玄関の上がり框《がまち》の照明に照らされた母と父の顔は、やっぱり昨日よりも少し老いている気がして、面倒だけれど明日も来ようと思う。

「おやすみなさい」と言いながら、ドアを閉めると、吐く息がもう白い。茂斗子は門扉を閉め、建物奥のエレベーターで四階に上がった。

ワンルームの茂斗子の部屋には余計なものがあまりない。ベッドやテーブルなどの家具やカーテン、床に敷いたラグをはじめ、マグカップや皿といった生活用品のほとんどは、無印とニトリで揃えた。コートを脱ぎ、ツインニットとスカートを脱ぎ、まるで蛇が脱皮をするように80デニールのタイツを脱ぐ。それからユニクロの部屋着に着替えた。ヘアバンドで前髪を上げ、眼鏡を外して、洗面所で無印のクレンジングと洗顔料で顔を洗う。ニトリのタオルで顔を拭《ふ》く。無印の化粧水をぱしゃぱしゃと顔につけ、乳液を手のひらでのばす。無印とニトリとユニクロがあれば、どんな地方都市でも生きていけるのではないか、と茂斗子は思うことがある。とはいえ、東京から出たことがないし、これからも東京以外の場所で暮らすような予定もないのだが。

会社は二十九歳で転職をして二社目、包装紙やラッピングペーパー、カードなどの紙製品のメーカーで、その分野では老舗らしいが、経営はあまり芳しくない。そこで事務の仕事をしている。給与もいいとは言えないが、正社員だし、一応ボーナスだって出る。それほどいい大学を出たとは言えない茂斗子にとっては、十分すぎる勤務先だと思っている。

脱いだ洋服をハンガーにかけ、ブラシでほこりを取る。通勤着も茂斗子にとってはコスプレのようなものだ。年に二回、婦人服メーカーに勤めている友人から社内セールの招待状をもらい、半年分の通勤用の服を買う。社会人として悪目立ちせず、清潔感があって高くないもの。それさえクリアしていればどんな洋服でも良かった。ハイブランドのファッションにも、宝石にも興味はない。

そんな茂斗子が今、いちばん夢中になっているのが、アクセサリー作りだった。

テレビの前に置いたテーブルには、昨日の作業途中のまま、工具や材料が広げられている。茂斗子の勤めている会社のそばにはアクセサリーのパーツを扱う卸問屋がたくさんある。どこかの店でランチを食べた帰り、ぼんやりと店先を見ていて、ふと、自分でも何か作れるんじゃないか、と思ったのが二年前のことだった。最初は本を参考にした。ぺらぺらとページをめくって、ブレスレットでも作ってみるか、と、天然石やアンティークのビーズやボタンを選び、繋《つな》げてみたら、意外に悪くないんじゃない？　と思うものができた。それから一年くらいは自分なりに、オリジナルのネックレスやピアスやブローチを作った。通勤でも使えるようなシックなデザインのブレスレットやブローチをつけていくと、会社の人に、

「わあ、それ素敵だね。どこの？」

と必ず聞かれた。その言葉で茂斗子は自信をつけた。

ネット上には手作りアクセサリーを売るサイトがいくつかあって、試しに会員登録していくつか商品をアップしてみたら、驚いたことに瞬く間に完売した。値段が安かったせいかな、とも思ったが、値段を上げても、すぐに注文はやってきた。パソコンを開く

と、今日も商品の注文が二件入っていた。アクセサリーを作るだけでなく、御礼のメールの送信、商品の発送など、やることはいくつもあって、平日の夜はもちろん、休日も作業に時間がとられる。けれど、休日を共に過ごすような恋人も友人もいないし、そもそも人の多い休日に人の多い場所にでかけることも嫌いだ。ペンチを握って、丸カンと呼ばれる金具で石を繋いでいるほうが楽しいのだ。

手作りアクセサリーの売り上げは、今や多いときで十万を超える月もある。茂斗子はそこから材料費や郵送費を賄い、残りは全部、貯金していた。

住む家はある。二人の親を介護し、看取っても、賃貸マンションの家賃収入と、年金と、アクセサリーの売り上げで、老後もなんとか暮らしていけるんじゃないか。それが茂斗子の人生設計だった。そこに結婚や子どもが入る隙はない。何より今は、こうやって自分の好きなことを、つまり、ラグの上で背中を丸めながら、アクセサリーを作る作業が楽しくて仕方がないのだ。小一時間根を詰めて作業をし、ココアでも飲もうと立ち上がった。玄関そばのキッチンに行き、電気ケトルでお湯を沸かす。もう十二時近い。そろそろ、お風呂《ふろ》に入って眠らなくちゃ。そう思ったとき、玄関ドアの向こうで子どもの泣くような声がした。最近、時々聞こえることがある。けれど、このマンションは単身者しか入居していないので、子どもがいるはずもない。だとすれば、隣のマンションだろうか。『まったくもう。子どもが起きてる時間じゃないよ』と茂斗子は思いながら、冷え冷えとしたキッチンで、立ったまま熱いココアを飲んだ。

「先輩、ちょっとこれ見てくださいよ。アラフォーの結婚率」

茂斗子が、自分のデスクの上で、買ってきたサンドイッチにかぶりつこうとしたそのとき、隣に座っていた香坂美鈴《こうさかみすず》がスマホを目の前に差し出した。小さな文字がびっしり詰まった何かの記事だが、茂斗子は眼鏡をかけていてもその文字を読み取ることができない。夜遅くまで細かい作業をしているせいなのか、最近、特に小さな文字が見えにくい。早い老眼か、と思いながら目を細めてみるが、やっぱり見えない。茂斗子のその動きに気づいた美鈴は、画面をピンチアウトして、文字を大きくしてくれた。

「未婚女性が五年以内に結婚できる確率」というタイトルの記事だった。真っ赤なグラフが目に入る。二十二歳から四十四歳まで、一歳刻みの縦軸があり、赤い長方形が数字に対応して伸びている。いちばん長いのは、二十六歳で43・5%、いちばん短いのは四十四歳で5・5%だ。

「ここですここ」

美鈴が綺麗《きれい》なネイルが施された指先で三十五歳を指す。

「三十五歳は21・5%なんですよ……」

「三十六歳は18・2%、三十七歳は14・8%、三十八歳は」

美鈴がお皿を数える幽霊のような声を出す。

「死にたくなりません？」と美鈴は言うが、茂斗子の正直な感想は、『意外に年齢がいっても結婚できるもんなんだなあ』だった。だって、茂斗子と同じ三十六歳の女性でも、百人のうち十八人は結婚できるのだ。

「あと半年で私、三十六なんですよ……三十六になったら……ううう」と言いながら、美鈴はぐんにゃりとデスクの上にうつぶせになってしまった。デスクの上にはコンビニの白いビニール袋が投げ出されたようにあるが、手をつける気配はない。

「先輩、突然、結婚するとか言わないでくださいよ」

　がばりと起き上がり、美鈴は顔を近づけてひそひそ声で言ったあと、顔を上げ、二列向こうのデスクに座る見《み》砂《さご》友美《ともみ》を見てから、茂斗子に目配せした。三十九歳になる友美は来春結婚するらしく、今は婚約中だ。職場にはふさわしくないんじゃないの、あれは、と噂されている派手で馬鹿でかいエンゲージリングを見せびらかすようにつけている。化粧っ気のないどちらかといえば地味な顔立ちでスタイルがいいというわけでもなく（そういう意味では茂斗子に雰囲気が似ていた）、結婚しないんじゃないか、と社内でも思われていただけに、友美の婚約は、社内の独身（特にアラフォーの）女性にとっては衝撃的な出来事になった。さらに、友美はどうやら、マッチングアプリで相手を見つけたらしい、という噂もあって、独身女性社員の酒席では、マッチングアプリでの結婚相手探しがアリかナシか、というテーマで幾度も盛り上がり、実際にマッチングアプリを始めた者もいるらしかった。

「結婚しないよ」

美鈴にスマホを返しながら茂斗子は言った。

「そう言ってる人ほど突然」

美鈴がまたちらりと友美のほうを見ながら、白いビニール袋に手を入れ、おにぎりをひとつ取り出す。

「いや、私はしない」

「でも、先輩がそう思ってたって、いきなり結婚してくれとか言われたりするかもしれないじゃないですか」

美鈴がおにぎりのラップフィルムを剝《は》がしながら、おとぎ話みたいなことを言う。

「今までだって言われたことないんだから、これからもないよ」

茂斗子はそう言って、サンドイッチをかじった。

「でも、でもですよ」

美鈴も引き下がらない。

「これから先、たった一人で生きて、死んでいくのかと思うと、寂しくなりません？」

茂斗子はサンドイッチをマグカップのコーヒーで飲みくだしてから言った。

「いや、今だってこんなに結婚しない人ばっかりなんだから、これから先はそういう人が多くなるんじゃないの？　もう少したったら、一人で生きて、一人で死んでいく人がほとんどになって、それが当たり前になるんじゃない？」

「先輩、でも、今はご両親も健在だからそう思うんじゃないですか？」

「うちの両親なんて、あと十年以内に死ぬよ」と言ってから「死ぬよ」という言葉は自分の両親に対してでもストレート過ぎないか、と思った。亡くなるよ、のほうがマイルドだったと少し反省した。

「だから、私はあと十年以内には一人ぽっちになるんだよ」

「やめてください」と美鈴がわざとらしく耳を塞《ふさ》ぐ。

「子どもだけでも産んでおくべきなんですかね」

話は急カーブで子どもの話に変わった。

「でも、一人で育てていける？」

「うちのお給料だけじゃ無理ですよね」と美鈴が同意を求めるので、「それは少し苦しいかもしれない」と茂斗子は正直に答えた。

「シングルマザーでワンオペ育児、無理です無理です」

くわばらくわばら、と同じ調子で美鈴は無理です、と繰り返す。

「でも……」

まだこの話が続くのか、と茂斗子は思ったが、顔には出さず、食後に食べようと家から持って来た小魚アーモンドの小袋を開けた。念のため、食べる？という意味で小袋を美鈴に差し出すが、いらない、と黙って首を横に振る。

「三十五過ぎたらもれなく高齢出産なんですよ。健康に産めるのか、健康な子どもが生まれてくるのかもわからないし、もう、そういうこと考えると、夜中にわあああああああって叫び出したくなることがあります」

美鈴の結婚の話は、大抵このあたりに落ち着いて終わる。

恋人がいない寂しさと、結婚適齢期の話と、出産と子育ての話がごっちゃになって、境目がなくなって、どろりとしたスライムみたいな不安のかたまりになって美鈴の心のなかに住み着いているのだろう。

自分にもこういう時期があったか、と茂斗子は自分に問うてみる。今から一年前、美鈴の今の年齢である三十五歳のとき、そう思っただろうか。答えはいいえ、だ。達観しているわけでも、美鈴の悩みを上から見ているわけでもない。けれど、万一、自分が結婚をするような事態になったら、まずこのことを伝えないといけない、と茂斗子は思っている。まず、その条件をのんでくれる相手でなければ。

『私は子どもが大嫌いなんです』

心からそう思っている女性と結婚してくれる相手なんて、まずいないだろう。結婚してもなんらかの事情で、子どもを持たないという選択肢はもちろんあるだろう。でも、最初から子どもという存在が嫌いだ、という人間に好意を持ってくれる人なんて多分いない。

子どもが大嫌いな私は結婚しない。どこかの段階で茂斗子はそう決めた。それはアラフォーと呼ばれる年齢になるよりも、もっとずっとずっと前のことだったような気がする。中学、高校と女子校で、大学は共学だったけれど、茂斗子が好きになった人も、茂斗子のことを好きになった人もいなかった。恋愛とか結婚とか、その先の出産とか子育てにも、自分という人間には縁がないんだな、と二十歳になるくらいには感じるようになっていた。そして、それを寂しいとも思わなかった。

まず自分がすべきことは両親への恩返しなのだ。自分を本当の娘のように育ててくれたあの二人への。それをする前に自分が幸せになってはいけない。いつからか、そう決めてしまったら、ほんとうに恋愛に縁のない人間になってしまっていた。けれど、そこにはまったく後悔はない。小袋からつまみ出したアーモンドの欠片《かけら》を口に放り込みながら、今日も定時で帰ろう、と、まだ午後の仕事も始まっていないのに、茂斗子はかたく心に決めた。

両親の住む一階で食事をとったあと、自分の部屋に戻ると、必ず掃き出し窓を開けて、空気を入れ換える。十一月だというのに、今日はまるで夏の終わりのような、気温と湿度の高い一日だった。窓を全開にしていてもまるで寒くない。茂斗子は着替えを済ませ、窓を開けたまま、昨日と同じようにアクセサリーを作る作業を始めた。

新作のコットンパールのピアスが好評で、たて続けに注文が入ってきていた。できるだけ早く、注文してくれた人に届けたい。ネット上という仮想空間でやりとりされる商売で、茂斗子の作ったものを買ってくれる人の顔を見ることさえできないが、それでも、自分が作ったものを欲しいと思ってくれる人の気持ちに応《こた》えたかった。

作業をしていると、テーブルの端に置いたスマホからLINEのメッセージを着信した音が聞こえる。茂斗子はフェイスブックもツイッターもインスタグラムもしない。茂斗子のほうから何か用事があるときはメールを送るのが常だった。それなのに、大学時代の同級生三人と友人の結婚パーティーで久しぶりに会ったとき、一人の友人の手によって茂斗子のスマホには、LINEのアプリが入れられ、同級生四人のグループLINEのメンバーになってしまっていた。四人のうち、二人は既婚者で、そのうちの一人は今年子どもを産み、もう一人は不妊治療中、一人がバツイチ、そして、未婚の茂斗子というメンバーだった。今年子どもを産んだばかりの河野真美《こうのまみ》は何かと言うと、子どもの写真を送ってくる。生まれたての子どもの写真が送られてきたときは、茂斗子にとっては、真っ赤な顔をした猿にしか見えなかったが、茂斗子以外の友人たちは、〈かわいい～♡〉〈きゃわわ！〉〈なんだこのかわいい生き物は！〉と大騒ぎだった。

茂斗子は子どもが大嫌いだが、それを自分の個性として強く主張したいわけではない。それを言ってしまうことで「女なのに子どももかわいいと思えないのか！」と糾弾される恐怖を感じる。だから、普段はひた隠しにしている。嘘をつきたくないなんていうのも、子どもじみた言い訳だと茂斗子は考えていた。嘘も方便、嘘は大人の嗜《たしな》みだ。だからもちろん、友人から子どもの写真が送られてきても、子ども嫌いを匂わせるような返信はしない。送るのにはだいぶ時間がかかったが、友人たちを真似て、控えめに〈かわいい赤ちゃんだね〉と返信した。

大学時代の同級生とはいえ、今や住む世界も人生の状況もそれぞれ違うのだが、グループLINEは毎日なにがしかのメッセージを茂斗子に届ける。多くの場合、真美が子どもの写真を送り、〈寝返りができるようになりました☆〉〈はいはいができるようになった！〉などという成長記録になりつつあった。思い返せば、このグループLINEを始めようと提案したのも真美だった。真美から送られてくる子どもの写真およびメッセージは確かに幸せにあふれていたが、それ以外のメンバー（茂斗子を含む）を苛立《いらだ》たせ始めていたことも事実だ。

スマホを手にすると、真美の五カ月になる子どものアップ写真が見えた。口元近くには、柄の長いスプーンを持った真美の手。子どもの口からは白い液体のようなものとよだれが垂れて光っている。『げ』と茂斗子は思ったが、写真に続いてすぐにメッセージが届いた。

〈今日から離乳食が始まりました！〉

〈もう離乳食⁈ 順調に成長しているね！〉〈たくさん食べて大きくなってね〉

それぞれが返信している。

茂斗子は迷いに迷って、兎が「かわいい！」と言いながら、身をよじっている動くスタンプを送った。最近、返信に困ったときはスタンプを送ればよいのだ、ということに気づいた。送ったスタンプの兎は満面の笑みだが、それを送る茂斗子の顔は無表情だ。

ちりちりとまたスマホが鳴る。既婚者の一人、宮島《みやじま》みのりからのメッセージだった。

〈今、忙しい？〉

グループはまだしも、一対一のＬＩＮＥは苦手だ。

少し考えて、〈うん、今、作業中〉と茂斗子は返した。予防線を張っておかないと、みのりのＬＩＮＥは眠る時間まで延々と続く。返信したのに、みのりからの反応はない。けれど、この沈黙がますますみのりには何か言いたいことがあるのだ、という雰囲気を伝えてくる。ここで問い返してしまうと負けだ。茂斗子も黙って、スマホをテーブルの上に置いた。みのりからのメッセージはまだない。接着剤をピアスの金具の縁につける作業を始めようとしたとき、再び、スマホがちりちりと鳴った。

〈真美ってさ〉

やっぱり話が長くなるような気がした。

茂斗子は作業をあきらめて、スマホを手にとる。手のなかでスマホが震える。

〈幸せそうだよね〉

〈うん〉

確かにそうだ。子育てなんて実際はつらいことのほうが多いような気もするが、写真とメッセージを見る限り、真美自身は幸せの絶頂にいるように思える。

〈だけど〉

また、しばらく間がある。長い文面を書いているのか、それとも書くことを迷っているのか。

〈ちょっとそれ見てるのつらくなるときがあって〉

〈うん〉

〈私、不妊治療してるからさ、私へのあてつけ？　なんて思うこともあって〉

〈うん〉

〈そうじゃないと思うのに。そう思う自分が嫌になっちゃって〉

〈そりゃそうだよね〉と文字をぽちぽち打ちながら、このＬＩＮＥをどこで終わらせるかを茂斗子はすでに考え始めていた。泣き上戸の人とお酒をのんでいるのと同じだ。話がループするし、そもそもアドバイスや答えなど、みのりは求めていない。ただ、話を聞いてほしい。だから、時間のありそうな自分が選ばれただけのこと、それだけなのだ。

〈なかなか治療もうまくいかなくて〉

独身で結婚の予定すらない自分にその手の話をするのはそもそも間違っていないか、と思ったが、茂斗子がそんな人間だから選ばれるのかもしれない。

〈うん〉〈そうなんだ〉〈大変だね〉〈そっかあ〉などの返信を茂斗子は繰り返しているだけだった。もう話が終わるかな、と作業を再開しようとすると、スマホが鳴る。

『私、子ども大嫌いなんだー。なんで、そもそも、みのりはそんな手のかかるかわいくもないもの、わざわざ欲しいの？　夫婦二人のままでも良くない？』と本音で返信したら、みのりと茂斗子との間にある友情という細い糸はいとも簡単に切れてしまうだろう。

会社の後輩、香坂美鈴も、みのりも、茂斗子が自分と同じ土俵にいない人間だから、簡単に胸のうちを明かす。けれど、そんなふうに簡単に自分のような人間に話せる悩みなど、それが解決してしまえば、悩んだことなどまるでなかったように忘れてしまうのではないか。

ああ、今日はもう作業はできないなあ。茂斗子はふわふわのラグの上に大の字になり、テーブルの上でちりちりと鳴るスマホに目をやった。みのりはまだ何か言いたいことがあるのだろうが、それを受け止める体力も気力もなかった。もう見ないことにしよう。このまま寝てしまおう。そして、明日の朝、〈昨日、寝落ちしちゃってごめんね〉と送ればいい。そうしよう。そこまで考えたとき、ふいに子どもの泣き声が聞こえた。

まただ、と茂斗子は思った。けれど、今日は窓を開けているせいなのか、その泣き声がやけに大きく聞こえる。また隣のマンションだろうかと思ったが、もっと近くで泣いているようだ。茂斗子は立ち上がり、開けたままの掃き出し窓に近づいた。確かに子どもの泣き声が聞こえるが、こちら側ではないようだ。掃き出し窓を閉めてもまだ声は聞こえる。隣の部屋？　と思い、壁に耳をあててみるが、何の音もしない。どうも玄関ドアの向こうから声が聞こえるのだ。

茂斗子はキッチンを抜け、玄関に下り、サンダルの上に足を乗せ、ドアに耳をあてた。

ここだ。

そう思った瞬間、背筋に冷たいものを感じた。玄関ドアの向こう、多分、廊下から泣き声がする。泣き声を発している誰かがいる。それが、生きている子どもでも嫌だけれど、もうこの世にいない子どもだったらもっと嫌だと思った。泣き声はどんどん大きくなる。近所迷惑だ。誰かが警察に通報して、下に住む両親のところに連絡が行くことだけは避けたかった。二人とももう夢のなかだろう。起こしたくはなかった。覚悟を決めて、ロックを外し、ドアをそっと開けた。隙間から外をのぞく。声はするが、子どもの姿はない。茂斗子はサンダルをつっかけ、ドアを大きく開けた。左、右、顔を向ける。右側のエレベーターホールのほうで、何か白いものが動いた気がした。錯覚か、と思って見直したが、壁の端で白い布がちらちら動く。泣き声もそっちのほうからする。

茂斗子はそっとドアを閉め、エレベーターホールのほうに近づいた。角を曲がった途端、何かが茂斗子のおなかのあたりに触れた。マッシュルームカットの黒い髪の毛。前髪はまるで子ども用のはさみで切ってしまったかのようにばらばらで極端に短い。白い衿《えり》なしパジャマの子どもが、茂斗子のおなかに手を回している。瞬時に今の状況を理解して、ぎゃああ、と声を上げたかったが必死にこらえた。幽霊に抱きつかれるのと同じくらい、生身の子どもに抱きつかれるのは怖い。できれば子どもの腕を力まかせにふりほどいてしまいたいと思ったが、それはあまりにも大人げないだろう。

「…………」

何か言葉をかけたかったが声が出ない。けれど、子どものほうは茂斗子に抱きついたことで落ち着いてきたのか、次第に泣きやみつつあった。子どもが茂斗子を見つめる。男の子か女の子かもわからなかった。ええと……。

「ここの子？」と茂斗子が聞くと、子どもはうん、と頷《うなず》く。

単身者しか入居できないこのマンションに子どもがいるはずはない。どこかの家から飛び出して、ここのマンションに入ってきてしまったのだろうか？　夢遊病の子どもっているのだろうか？　と考えていると、「ここ、ここに、みく、住んでる」とエレベーターにいちばん近い部屋を指さす。え、と茂斗子が思う間もなく、自分のことをみく、と呼んだ子どもは、茂斗子の手をとってその部屋のドアを開けた。玄関の三和土《たたき》には、ハイヒールと女性もののスニーカーとサンダル、それに子ども用の靴とサンダルが散乱している。暗くてよく見えなかったが、キャラクターもののサンダルの絵柄から推測するに、この子は女の子なのだろう。

みくは玄関を上がり、キッチンの奥の部屋に進む。茂斗子の部屋と同じ間取りだ。家具や物の少なさも茂斗子の部屋とよく似ていた。ただひとつ違うのは、壁際のシングルベッドの脇に小さな子ども用布団が敷かれていることだ。掛け布団は乱暴にめくれていて、みく、という子どもが、慌てて起きたことがわかる。茂斗子はみくにつかまれた手をそっと外そうとしたが、その気配に気づいたのか、みくがよりいっそう小さな手に力をこめ、放さないぞ、という勢いで握る。

「みくが寝るまでいてくれる？」

こういうところが嫌なんだ。ターゲットを決めると、すぐにおなかを見せて甘えようとする子どものこの態度。……そうは思うものの、また、泣かれても困る。とにかく今のところは、みくを寝かせてしまおうと、茂斗子は思った。

「わかった」と茂斗子が答えると、みくは素直に布団に入った。茂斗子の手は握ったまま。いつまでも眠らなかったらどうしよう、という心配は外れて、みくはすぐに寝息をたて始めた。ゆっくりとみくの手から自分の手を外す。出したままだったみくの左腕を布団のなかに入れる。緊張と変なポーズで座っていたせいか、腰と肩ににぶい痛みを感じた。

この子の親はいったい何をしているんだ。顔を上げると、壁にかかった時計が見えた。もう午前一時に近い。とにかく明日、マンションの管理会社に連絡してどうにかしてもらおうと思いながら茂斗子は立ち上がった。

掃き出し窓のカーテンの隙間からさす街灯の光がみくの顔を照らしている。まんまるでお月様のようだ、と茂斗子は思った。だが、やっぱりかわいいとは思えない。こんな出来事に巻き込んでおいて、穏やかな寝息を立てているみくが小憎らしい。

ゆっくりと立ち上がり、キッチンを抜け、玄関ドアを開けると、一人の若い女性が茂斗子の顔を見て、恐怖で立ちつくしている。今、この瞬間にも何かを叫びだしそうな女性に向かって茂斗子は言った。

「隣の隣の部屋の者です。お子さんが廊下で泣いていて。それで」

女性は部屋に上がり、みくが寝ているのを確認して、茂斗子のところに戻ってきた。

「すみません。泥棒かと思ってしまって」

そう言う女性の口から酒と煙草とイソジンのにおいがした。化粧も目のまわりがくっきりと黒く、OL風ではない。昼職ではないのではないか、と茂斗子は思った。

「あの、ここのマンションて、子ども……」

茂斗子が言いかけると、

「ご、ごめんなさい」と女性が頭を下げた。胸のあたりまで伸びた髪の毛からココナッツのような甘い香りが漂う。

「姉の子どもを一週間だけ預かっててそれで……」

「みくが寝るまでいてくれる？」

さっき、みくがそう言ったときと同じ顔で茂斗子を見上げる。

「ほんとに一週間だけですか？」

茂斗子の語気は荒くなる。

「はい、週末にはいなくなります」

まるでお化けが消えていなくなるみたいな口調だ。

「土曜にはいなくなるってことですね。つまり、今日も入れて、あと二日」

「は、はい」

茂斗子が先生で、女性が生徒みたいだ。

「だったらオーナーにも伝えないでおきます」

両親には二日間だけ黙っておけばいい。女性がまた頭を下げる。茂斗子は素足にサンダル履きだったことに気がついて、急に寒さを感じた。

「と、とにかく風邪とかひかさないように。おやすみなさい」とだけ言うと、茂斗子は廊下を歩いて、自分の部屋のドアを開けた。自分の背中を女性がまだ見ているような気がした。右手には、みくがぎゅっと握ったときの感触がまだ残っている。部屋に上がり、洗面所で二回丁寧に手を洗った。

なんて夜だろうと茂斗子は思った。『私は子どもが大嫌い』なのに。

顔を上げ、洗面所の鏡に映った自分の顔を見て茂斗子は思った。さっきの女性と、みく、という子どもは顔がとてもよく似ていた。ほんとうにお姉さんの子どもなのかどうかはわからないが、確かに血のつながりはあるんだろうと思った。

自分と両親の顔が似ていないことに、ある疑念を抱いて、十代の頃の茂斗子はものすごく悩んだ。十八になって大学を合格したあとに、その様子を察していた両親から告げられた。茂斗子と両親は血が繋がっていない。平たく言うなら、茂斗子は養子だった。ほんとうの両親はとてもひどい人だった（らしい）。茂斗子の面倒もろくに見られないくらい。施設から子どものできない両親にもらわれてきた子ども、それが自分だった。

『私は子どもが大嫌い』

この子は親にちゃんと面倒を見てもらっているんだろうな、と思うとその子どもが憎くなる。さっきの、みくみたいな、昔の自分を見せられているような子どもも嫌いだ。だけど、もっと嫌いなのは、子どもの面倒もろくに見られない大人だ。それは子どもに対する気持ちより、もっと激しく、暗くて、茂斗子にとっては抱えきれないほどの思いだ。そのことに今夜、茂斗子は気づいてしまった。

ベッドに入ってから、何度も寝返りを打ったが、茂斗子は眠ることができなかった。窓の外が明るくなる前にほんの少しうとうとしたが、廊下からみくの泣き声が聞こえてきたような気がして、そのたびに寝返りをうった。


香坂美鈴につつかれて目を醒《さ》ました。

「先輩。あからさまな居眠りはまずいですよ、仕事中に」

茂斗子の背中に美鈴の手が触れる。

「忙しいんですか？　あれ、ほら、アクセサリーの」

パソコンに向かってタッチタイピングで数字を打ち込みながら、前を見たままひそやかな声で美鈴が言う。

「ああ、うん、それはそれでまあ」

マグカップに入れたまま、すっかり冷たくなってしまったコーヒーを一口飲みながら茂斗子が答える。

「デートで忙しくて睡眠不足とか絶対やめてくださいよ」

「いや、それはない」

「先輩が恋愛したら私まじショックですから」

「大丈夫、大丈夫」と言いながら、茂斗子も座り直して、パソコンに向かった。

結局、昨夜はほとんど眠れないまま出社した。昨日できなかったアクセサリー作りの作業も今日中にやっておきたい。今日も必ず定時に帰ろうと茂斗子は心に決めた。

西に向かう電車を待つホームは朝ほどではないにしろ、帰宅ラッシュでそれなりに混んでいた。ホームの端にはエレベーターがあってベビーカーを押す若い母親が降りてきた。買い物帰りなのか、ベビーカーの背につけたS字のフックに、いくつものブランドショップの袋が下がっている。茂斗子のところからベビーカーまでは、数メートルの距離があったが、その親子連れを見るともなしに見ていた。電車がやってくる。人が降りると、そばにいた若い男性がベビーカーの前の部分を抱え、電車の床に降ろした。若い母親が頭を下げているのも見える。

茂斗子はそういう光景に何度も出くわした。そのたび、いつも不思議な気がした。そういう小さな親切が都会のなかには満ちあふれているのに、当の母親たちは、なんでいつも不満げなのだろうと。茂斗子も同じ車両に乗った。入り口付近に立っている母親はスマホをじっと眺めている。茂斗子ですら暑苦しい車内でベビーカーの赤んぼうがぐずりだした。ちらちらとベビーカーのほうに目をやる人もいる。

『今こそあなたの出番だよ！』と茂斗子は心のなかで叫んだが、母親はスマホから目を離さない。憎むべきは子どもでなく、親、もしくはスマホなのか?!　と茂斗子は思う。赤んぼうの泣き声に茂斗子は昨夜の出来事を反芻《はんすう》していた。

本当にあった出来事なのか、確信も持てない。朝、出勤する前に、みくと、あの女性がいる部屋の前を通り過ぎたが、物音ひとつしなかった。昼間は保育所みたいなところに預けられて、夕方にあの女性に連れ帰られ、みくが眠ってから、女性は夜の盛り場に出勤するのではないか。いろいろ想像してみるが、もう構うな、と自分のなかの自分が言う。あの女性が言うことが本当ならば、今晩、何もなければ、みくはどこかに行ってしまう。いつもと同じ夜が戻ってくるのだ。自分からトラブルに巻き込まれるようなことだけはやめよう。茂斗子は自分に言い聞かせた。それなのに。

「あの、少し、このカレーもらってもいいかな。最近、夜におなか空いちゃって」

「もちろんかまわないけど。……だったら今、ここでおかわりしていけばいいじゃない」

母の言葉に目を泳がせながら、

「うん、夕方にね、会社でもらったお菓子食べちゃって、それであんまり今おなか空いてないんだ」

そう言いながら茂斗子は食器棚の引き出しを開け、密閉容器を探した。

「茂斗子が昔、縁側の下で、内緒で子犬飼ってたときと同じ顔してるな」と父が笑う。

「あら、彼氏とかに食べさせるのかしら」

「んなわけないでしょ。ははは」

母の言葉に笑ってみせたが自分でもぎこちないのがわかる。

一人分のごはんとカレーを入れたトートバッグを胸の前に抱えて、両親の家を後にした。

エレベーターに乗って四階に上がる。みくがいるはずの部屋の前を通り過ぎたが、朝と同じようになんの音もしない。もう寝ているのか。それとも。通り過ぎようとした瞬間、ドアが開いた。

「おねえちゃん！」

玄関から飛び出してきたみくが、昨日と同じように茂斗子のおなかに顔を埋《うず》めた。みくは茂斗子の手を取って、自分の部屋に招き入れようとする。どうしよう、と思いながらも、茂斗子は靴を脱ぎ、部屋に入ってしまう。

保育所には行っているのか、キッチンの床に投げ出された布袋には、西条未来《さいじょうみく》と名前が書かれている。テーブルの上には、蓋《ふた》が半分まで開いた電子レンジで温めるパックのごはん、皿の上に食べかけの目玉焼きとソーセージが二本、大人用の茶碗《わん》にインスタントらしい味噌《みそ》汁が半分残っている。昨日会ったあの女性に、一応、未来に食事をさせようという意思があることがわかって、茂斗子は少しほっとした。

茂斗子がバッグの中からカレーを取り出し、未来に渡すと、「あったかい！　カレーのにおいする！」と密閉容器に顔をこすりつける。

ごはんを食べた様子はあるけれど、「食べたい？」と聞くと、「うん！」と答える。茂斗子はキッチンに行ってスプーンを探した。けれど、スプーンが見つからない。それにこの部屋はちっとも暖かくない。暖房がついている気配もない。床に落ちていたリモコンのスイッチを操作したが、暖房が動く気配がない。壊れたままなのか、と茂斗子は思った。

「未来ちゃん、おねえちゃんちで食べない？」

「うん！」と未来が返事をする。自分のことをおねえちゃんと呼ぶのはどうだろうと思ったが、未来がそう言うのだから良いのだ。

「うわあ、ふかふかだね」

茂斗子の部屋に上がると、未来はラグの上になぜだか正座をした。子どもに足を崩してね、と言うのも変だと思い、茂斗子はそのままにしておいた。

「ぴかぴかして、きれいなものがいっぱいある」

テーブルの上は昨日のまま、アクセサリー作りの途中だ。天然石やビーズ、ボタン、リボンなどが材料ごとに分けられケースに入れられている。触らないでね、と言おうと思ったが、未来はそれに手を伸ばそうとする気配もない。テーブルの隅を片付けて、皿を置くスペースを作った。

茂斗子はカレーとごはんを電子レンジで温め、皿に盛ってスプーンと共に未来の前に出した。

「熱いからふうふうしてね」

思わず自分の口から出た言葉に茂斗子がいちばん驚いた。自分が昔、誰かからそう言われたから、未来にそう言うことができるのだ。大きいスプーンしかなかったので、茂斗子が渡したティースプーンで未来はカレーを口元まで運び、赤いくちびるをすぼめて、ふーと吹いた。母親のカレーは茂斗子の子ども時代から変わらずハウスバーモントカレーの甘口だから、未来にも食べられるはずだ。確かに未来の口に合ったのか、瞬く間にカレーを食べ終えてしまった。ごちそうさまでした、と小さな手を合わせる。

茂斗子が空になった皿をキッチンに持って行った。子どもは食後に何を飲むのだろう？　と思いながら、とりあえず電気ケトルに水を入れて沸かした。カフェインが入っていない何かだろう、という気がしたが、カフェインが入っていない温かい飲み物というのがわからない。麦茶はノンカフェインでは？　と思い、冷蔵庫からペットボトルの麦茶を出して、グラスに注いだ。沸いた湯で茂斗子は自分のためにインスタントコーヒーを作った。ふと見ると、未来はテーブルの上をじっと見つめている。

「欲しいの、どれか、ある？」

背後から聞いたので、驚いたのか、未来が体をびくっとさせる。未来は黙っている。怒られたと思ったのだろうか。答えを待ったが、なかなか返事をしない。仕方なく、茂斗子は自分で作ったブレスレットをチェストの引き出しから取り出した。薄桃色の丸い石で作ったブレスレットだった。

「ほら、こんなふうにさ。未来ちゃんの好きなのを繋いで」

そう言いながら、茂斗子はブレスレットを未来の腕にはめる。それは大きすぎて余ってしまう。その三分の一のサイズでもいいくらいだった。

「……きれい」と未来は小さな声で言う。自分が作ったものを目の前でほめられた。お客さんからの感想や御礼は何度ももらっている。でも、それは全部ネット経由だ。人間の声でほめられることは少ない。

「じゃあ、これをさ、未来ちゃんの腕から落っこちないようにおねえちゃんが直してあげる」

未来が茂斗子の顔を見上げる。その顔が照明に当てられたように、ぱあああああっと明るくなったような気がした。ペンチを使って、その作業はあっという間に済んだ。出来上がったブレスレットを腕にはめてあげると、未来の視線はそこから離れようとしない。

「じゃあ、今日は歯磨きして寝よう」

明るくなった顔が途端に曇り、俯《うつむ》く。

「おねえちゃんが眠るまでいてあげるから大丈夫だよ」

そう言うと、未来は茂斗子に小さな手を伸ばした。片手ではなく両手を。茂斗子は未来を抱き上げげた。子どもとはなんて軽く、やわらかいんだろう。自分がぎゅっと力を入れれば背骨など簡単に折れてしまいそうだ。

「おねえちゃん……」

「ん？」

腕の中の未来が茂斗子を見つめる。

「未来、明日、ママとバイバイするの。未来が行くところ、子どもがたくさんいるんだって。そこでみんなとごはん食べて、ねんねするって」

茂斗子の足が止まる。やっぱりあの女性がママだったか。

「そこって楽しいところかなあ？」

茂斗子の脳に、濁流みたいな記憶があふれそうになる。父と母と暮らす前、自分がいた場所。自分と同じにおいのする友だち。庭に咲いたグラジオラスの色。食堂から差す光。普段は思い出すことなどないのに、束になった記憶が風でめくれるようによみがえる。

「楽しいよ。大丈夫」

茂斗子は笑いながら未来にそう言った。

そう言うしかなかった。

未来を抱っこしたまま、茂斗子は自分の部屋を出て、未来の部屋に行くために廊下を進んだ。ほんの、ほんの一瞬だけ、このまま未来とどこか遠いところに行ってしまおうか、という気持ちが湧いてきたけれど、未成年者略取の罪で捕まりでもしたら両親が悲しがる。何をばかなことを、と考えているときにエレベーターの扉が開いた。あの女性が降りて来る。ヒールの乾いた音が廊下に響く。未来を抱っこしている茂斗子に小走りで近づき、力尽くで未来を奪い取る。

「どういうつもりですか?!」

女性はひどく興奮している。口を開くと、昨夜と同じにおいがした。廊下の暗い照明でもその目が充血していることがわかる。

「……様子を見に行ったら、寒そうだったので、それで、私の部屋に一時的に」

「未来、何もされなかった？　痛いところない？」

女性は腕の中の未来に尋ねるが、未来は茂斗子の顔を見て首を横に振るだけだ。

「頭おかしいんじゃないですか？　人の家の子どもに。余計なおせっかい」

「すみません……」

確かにそう思われても仕方がないことをした。

「うちのことなんかほうっておいてください。下手な同情とかよして。子持ちの気分が味わいたかったの？　だいたい、あなた、このマンションのオーナーの一人娘でしょ。ここの人たち、みんな言ってるよ。いい歳なのに、結婚もしないで、のうのうと暮らしてるって。夕飯は毎日、両親の家で食べてるんでしょ。このマンションだって、あなたの両親が亡くなったら、全部あなたのものになるんでしょ。何不自由ないじゃない。未来に何の不安もないじゃない。いいよね、ほんとうに、心からうらやましい。私もそんな家に生まれたかった。だから、あなたみたいな人に、やっすい同情なんかかけられたくないの」

茂斗子は何も言い返せなかった。この名前も知らない女性から見れば、確かに自分はそう見えるのだろう。でも、身の上話をする気もない。ただ、さっきまで腕のなかにあった未来という子どもの温《ぬく》もりが今はあまりにも遠い。

「子どもができて、私の人生狂っちゃった」

女性は未来とは言わず、子どもと言った。だから、未来はそれが自分の話だとわからなかったようだった。女性の胸に顔を埋め、親指をくわえて今にも眠りそうだ。

「私は子どもが大嫌いなの」

未来ではなく、子ども、と言ってくれて良かった。

茂斗子はただそう思った。

翌日の土曜日、茂斗子は午前九時過ぎに目が覚めた。

いつもの週末の静かな朝だった。午前中は部屋の掃除をし、洗濯をした。天気が良かったので、布団を干した。玄関ドアを開けて、廊下の先の女性の部屋に目をやるが変わった様子はない。未来はもう、子どもがたくさんいるところへ行ってしまったのだろうか。それならそれでいい、と茂斗子は思った。未来の泣き声を聞きたくはなかった。視線を落とすと廊下の端に何か光るものが見えた。

茂斗子はサンダルをつっかけて部屋を出て、その光るものに向かって歩いた。

昨日、未来にあげたブレスレットの一部、薄桃色の丸い石だった。未来はブレスレットを持っていけたのだろうか。そう思いながら、茂斗子はその石をつまみ上げ、手のひらに載せた。十一月の陽を受けて、石は静かに光っていた。

　昼食は、母の作ったサンドイッチと野菜スープを家族三人で食べた。茂斗子はその日、アクセサリーを作るための道具や材料を入れたプラスチックケースを、両親の家に持ってきていた。母の前で材料を広げる。

「お母さんの好きなもの選んで。それでブレスレット作る」

　茂斗子がアクセサリーを作っていることは母も知っていたが、茂斗子が母のために作るのは今日が初めてだった。母はコットンパールや、琥珀《こはく》色の丸い石を選んだ。

「これを交ぜるといいアクセントになるかも」

　茂斗子はそう言って、今朝、廊下で拾った薄桃色の石を、母が選んだ材料を円く並べた輪のいちばん上に置いた。

「あら、素敵」

　母はそれだけ言うと、茂斗子がコットンパールや石を器用に繋げていくところを興味深げに見ていた。それが余程うらやましかったのか、父は、「お父さんも作ってもらいたいなあ」と茂斗子や母に聞こえるくらいの声で言った。二人が無視していると、父は何度か間を置いて同じ言葉を繰り返した。こらえきれず母が笑う。そして、茂斗子も笑った。自分は三十六歳だけれど、この先もずっとこの人たちの子どものままでいるつもりだ、と茂斗子は思った。

注文されたアクセサリーを発送するための宅配便を、茂斗子はコンビニエンスストアに出しに行った。用事が終わって冷凍ケースのなかのアイスクリームを選んでいた。父と母も食べるだろうか、と考えながら、チョコミントや小豆やオレンジの味のアイスをカゴに入れた。突然、腰のあたりに何かがぶつかった。未来くらいの歳の男の子だった。茂斗子が立っている場所でアイスを選びたいのか、体当たりで何度もぶつかってくる。むかむかっとしながら茂斗子は思った。

『私は子どもが……』

そこまで思って茂斗子はしゃがみ、男の子に向かって言った。

「ごめんなさいは？」

男の子はにらむように茂斗子を見て黙ったままだ。

「ごめんなさいは？」

何度か繰り返すが、返事をしない。だいたいこの子の親はどこにいるのだ、と店内を見回すと、ベビーカーを押した若い母親がのんびりと牛乳を選んでいる。『一瞬でも目を離すなよ！　誘拐されるぞ！』と茂斗子は心のなかで叫んだ。

茂斗子は本気で怒った顔で男の子を見つめた。その迫力に押されたのか、男の子の目の端にみるみるうちに涙が湧き、うわあああああんと泣いたまま、母親の許に駆け寄る。

「あのおばちゃんがあああ」と男の子が茂斗子を指さしながら母親に訴えたので、母親も怪訝《けげん》な目で茂斗子を見つめた。『人の道を教えようとすれば不審者扱いされる世知辛い世の中』と思いながら、茂斗子はアイス三つを買って店を出た。

自分の分として買ったチョコミントバーを、茂斗子はコンビニを出てすぐ包み紙を剝がし、歩きながら食べた。茂斗子の前を、赤んぼうを抱っこした若い父親と母親が横に並び、道を塞いでいた。赤んぼうの頭が父親の肩越しに上下する。

『ただでさえ狭い道を、後ろも気にせずのんびりと歩くなんて！』

目から炎が噴き出しそうだった。けれど、茂斗子のその顔がおもしろいのか、赤んぼうが笑顔になった。その顔にちんたら歩いている父親も母親も気づかない。茂斗子がアイスを食べ、笑いかけると、赤んぼうはますます笑顔になった。それは茂斗子だけに向けられた笑顔だった。この赤んぼうが今、笑いかけているのは、この世界で自分だけだと思うと、ますます茂斗子は愉快になった。

赤んぼうの口からよだれがあふれる。それが昨夜、未来に選んだ石のように光った。

茂斗子は泣きそうになった。だから、泣かないように何度も胸の中で繰り返した。

『私は子どもが大嫌い！』

でも、繰り返すたび、茂斗子はまた泣きそうな気持ちになり、チョコミントバーを慌てて口に突っ込んだ。

ほおずきを鳴らす

小さな写真立ての前にある鈴を鳴らすと、その音がさざ波のように部屋に広がった。手をあわせて小さな声で「いってきます」とつぶやく。鞄《かばん》を持ってリビングの窓辺に立ち、眼下に目をやる。梅雨どき特有の灰色の雲が広がっている。

タワーマンションに自分が住むとは思わなかった。

男一人なのだから、どんな部屋でもいいと思っていたが、父が亡くなったあとに土地を売ったお金と自分の貯金を頭金にしたら、ローン審査に楽に通った。

1LDKのこの部屋には無駄なものがない。どんなふうに部屋を飾っていいのかもわからなかった。それでもあまりに殺風景なので、写真立ての前には花を飾るようにしていた。先の細い円錐《えんすい》形のガラスの花瓶に、マゼンタ色の芍薬《しゃくやく》が一輪。昨日よりも大きく開いている。芍薬だけが、無彩色なこの部屋で鮮やかさを放っている。

マンションを出て足早に駅に向かう。雨はまだ降りだしていなかった。

この町に住もうと思ったのは、私鉄とJRが乗り入れていて、乗り換え無しで会社に行けるから、というたったひとつの理由だった。私鉄の始発駅でもあったから、運が良ければ、座ることもできるのは、五十四歳の腰痛持ちの自分には有り難い。

製薬会社に勤めてもう三十年を超えた。

営業企画課長として、医薬品市場の情報の分析、そして営業施策の企画立案をしている。そういうといかにも難しいことをやっているように聞こえるが、実際のところは、MRと呼ばれる医薬情報担当者に檄を飛ばすのが主な仕事だ。

MRは自社の製品を主にドクターに提供し、実際に使ってもらった製品の副作用などの情報を会社にフィードバックする。僕はMRがドクターに接するうえで、実際にどのような行動をとり、どういった情報を提供すればいいのかを具体的に決定していく。そういっても、基本は営業の仕事だ。いかにドクターに好印象を持ってもらうか、いかに彼らの心を摑むか、という側面もある。自分も以前はMRだったからわかるが、楽な仕事ではない。けれど、彼らにとって耳の痛い話をするのが、自分の仕事だ。

「麹町の和田病院、どうなってる？」

昼過ぎ、デスクから部下の一人、立松に声をかけた。彼の体が一瞬、びくり、となったのがわかる。長身の立松が立ち上がり、僕のデスクに向かってくる。

立松が話し始める。声が小さい。そして、どこかいつもびくびくしている。MRに限らず、営業の仕事には度胸とハッタリが必要だが、立松にはそれが足りない。立松の言葉すべてが言い訳めいて聞こえる。自分の眉間に皺が寄る。

仕事がスムーズに進むように、仕事のモチベーションが上がるように、どうやったら和田病院のドクターに気にいってもらえるか、黙ったままの立松に向かって話し続けるが、そのすべてが立松にとって耳の痛い話だろうということはわかっている。僕の話と表情がさらに立松を追い詰めていることも。

「もっとまめに足運んで。来月末までに結果出して」

「……わかりました」

頭を下げてから立松は自分のデスクに戻っていく。背中には怒りが見える。侮辱されたという怒り。自分も若い頃、あんな背中を上司に見せていたはずだ。ごめんな。デスクに座った立松に、心のなかでわびる。

「久しぶりに行きましょうか。金曜日だし」

終業時、立松を含めた若い社員連中は、これから行く飲み会の話で盛り上がっている。ちらりと視線を向けられたような気がしたが、パソコンのモニターから目を離さなかった。いつものことだ。自分が出たら、彼らは僕の悪口を言うことができない。

午後八時を過ぎて、声をかけてきたのは学術部の宮竹《みやたけ》だった。

「行きませんか？」そう言って片手で杯を傾ける仕草をする。今どきそんなことをする若者はいないよなあ、と心のなかで苦笑しながら、

「ああ、いいね」と答えた。

学術部の宮竹は僕と同じ大学の出身で、入社試験のときに彼の面接をした。入社後、どういうきっかけで話をするようになったのかはもう忘れてしまったが、息子ほど年齢

が違う彼は、するりとこちらの懐に入り込み、いつしか心を開いて話をするようになっていた。学術部で市販後の自社製品の再評価、副作用情報をまとめる仕事をしているが、むしろ、営業に向いているんじゃないかと何度も思った。けれど、宮竹が営業部にいたとしたら、これほど親しくはなれなかっただろう。

二人でよく行く居酒屋のカウンターで熱燗《あつかん》を飲んだ。梅雨寒という言葉がぴったりの今日は、ビールよりも体を温めてくれる酒のほうがいい。カウンターに置きっ放しになっていた宮竹の携帯が震え、宮竹は杯を置いて、手に取った。

いきなり携帯の画面を差し出してくる。そこには三ヵ月前に生まれたばかりの宮竹の長男が眠っている姿が大写しになっていた。水分を湛《たた》えた透き通るような肌が、いかにも生まれたてという気がした。

「子育て、大変だろう?」

「いやあ、もう予想以上ですよ」

「こんなところで飲んでていいのかよ」

「明日は俺が一日子どもの面倒をみるという交換条件を出しましたから」

「すぐに大きくなるんだろうなあ……」

「でも、かわいいもんですよね。妻の妊娠中なんて、正直なところ、あんまり実感が湧かなかったけど、生まれてみたら自分がこんなに子どものことを好きになるなんて思いもしなかったな。全力で愛されようとするんですもん。誰かに守ってもらわないと生きていけないから、かわいさを全面的にアピールしてくるでしょう。最近、俺が会社に行くとき、泣くんですよ。もう仕事なんかほっぽりだして」そこまで言うと宮竹はふいに口を閉じた。宮竹にはいつか話したことがあった。話したことを少し後悔している。

「いや、俺が勝俣《かつまた》さんと今夜飲みたかったのは、子どもの話じゃなくて」

話題を変えて、一年前に発売された製品の話を宮竹は始めた。宮竹の言葉を耳にしながら、昔、僕に起こった出来事について気を遣われることには、いつまでも慣れないと思う。

宮竹と別れたのは午前一時を過ぎていて、終電に乗るために走った。改札口に立っているスーツ姿の若い男女が目の端に映った。女は男の袖《そで》を握り、何かを言いたげに男を見つめている。就活中の学生か、新入社員だろうか。終電を逃して、彼らはどこに行くのか。小走りで飛び乗った電車のドアが音もなく閉まった。通勤時間と同じくらいに混雑している電車のなか、つり革にも摑まれず、足の親指に力を入れて立ったまま、生きていたらあのくらいの年だろう、と思う。

日曜日は母のいる奥多摩《おくたま》の老人介護施設に向かった。月に一度、電車を乗り継ぎ、バスに乗って山奥にある施設を目指す。

母はベッドに座り、床のどこかに視線を落としていた。

「母さん、博嗣《ひろつぐ》だよ」

来るたび、母の耳が遠いことを忘れてしまう。耳元で声を張ってもう一度同じことを言った。母は僕の顔を見つめてはっとした顔をして言う。

「まあ、芳雄《よしお》さん」

芳雄は父の名前だ。

「もう、ごはん、みんな済ませてしまったのよ。博嗣も朋美《ともみ》も。どうしましょう」

母は困惑した顔で白い掛け布団の端をつまむ。

「いや、会社の帰りに食べてきたから大丈夫だよ」

「あら、そうなの。よかったわ」

母に会うたび、父のふりをすることがうまくなっていく。

「芳雄さんがたくさんお給金を持ってきてくださるから助かるわ」

歌うようにそう言う母のしみだらけの頰に赤みがさす。

父はそんな人ではなかった。保険会社のサラリーマン。給料をもらえば、その日のうちに、半分ほどを使ってしまうような人だった。飲む、打つ、買うなどという言葉を今ではほとんど聞かないが、父はその言葉どおりのことをし続けた。

生活が困窮、とまではいかなかったし、妹と二人、大学まで出してもらった。けれど、生活費の不足分を補ったのは、二人の子どもを育てながら、パートを続けた母だった。

父は横幅があって背も高く、どこか威圧感のある人だった。子どもの頃は、そんな父
「…………」

が怖くて、何となく距離を置いていた。それでも、高校生のとき、「なぜ、母さんに苦労をかけるのか」と面と向かって初めて言った。殴られはしなかったが、腕を振り上げ、「子どもに何がわかる！」と怒鳴る姿は、修学旅行で見た東大寺《とうだいじ》の金剛力士像を思わせた。

大学に入ってから一度、いつものように給料日に酔っぱらって深夜に帰宅した父を、何も言わず殴ったことがある。父を負かしてしまうなどとは思ってもみなかった。

父はふらつき、玄関の三和土《たたき》に手をついた。

「父さんになんてこと！」怒り狂ったのは母のほうだった。

その夜、大学を卒業し、就職したら、すぐさまこの家を出て行こうと誓った。

自分にとっては父と母だが、父と母は夫婦でもあるのだということを理解したのは、それから何年も経って、自分が離婚を経験したあとのことだ。夫婦には、当人以外踏み込めない領域がある。

ふと、母のベッド横の物入れを見やると、折り紙で作ったものが目に入った。オレンジ色の実に緑色の茎がついている。ほおずき、だろうか。あまりに上手にできているので、母が作ったのではないだろうと思った。

母が昔、家の縁側で、口に含んだほおずきを鳴らしていたのを思い出した。ほつれた髪のそのぼんやりとした横顔。

ほおずきを鳴らすなんて、若い人間にはなんのことだかわからないだろう。

袋を裂いて裏返し、やさしく実を揉《も》む。注意深く、軸のほうを回すと、付け根の部分が外れて、中の果肉が出てくる。果肉のなくなったほおずきの皮を膨らませて口に入れ、穴を下唇にあてて、前歯で軽く嚙《か》むと、奇妙な音が出る。子どもの頃に何度か挑戦したことはあったが、まず、皮を破らずに果肉を取り出すのが難しかったし、母に果肉を取ってもらっても、鳴らすことは至難の業だった。

「ごはんの用意ができていないのよ。父さんがお金をくださらないの。これからどうやって子どもたちを食べさせていけばいいのかしら」

「お金は十分にあるよ、母さん」

母の手を取り言った。母の乾いた手はどこかほおずきの袋の感触に似ている。

タワーマンションのそばに広い公園がある。飛行機公園と名前がついているらしいが、その名前の由来は知らない。公園のほぼ中央に柵《さく》で囲まれた池があり、木製の古びたベンチが一定の間隔で並べられていた。母に会いに老人介護施設に行くと、ひどく疲れる。疲れていることにかすかに罪悪感を覚えもする。そして、なぜだか煙草が吸いたくなる。家でも会社でも吸わないのに。公園内は禁煙だが、電子タバコの光る部分を手で隠して吸えば、無臭の煙だからばれることはないだろう。今まで何度もそうやってここで同じことをしていた。

やみにまぎれるようにして、煙を深く吸い込んだ。手のひらのなかで青い光が点《とも》る。

池の水を循環させる音、近くの幹線道路を行き交う車の音が風に乗って聞こえてくる。自分のそばには誰もいない。そのことに安心を覚えた。一人で生きていく、ということに慣れすぎている。けれど、自分の何年か先の住処《すみか》が、母のいるような施設だと思いたくはなかった。そのとき、どこかで音がした。蛙か、と一瞬思ったが、その音に聞き覚えがある。きゅっ、きゅっ、というあの奇妙な音。

左右を見回し、くらやみに目をこらすと、左のベンチに女が一人、座っているのが見えた。いつからそこにいたのか。まったく気づきもしなかった。スカートがくらやみに白く浮き出る。女がまた、口のなかでほおずきを鳴らす。自分の視線に気づいたのか、女はこちらを見て笑いながら言った。

「蛍みたいですね、それ」

それから、また、ほおずきを鳴らし、やがて立ち上がると、公園のくらやみのなかに消えていった。

「そちらはお変わりなく？」

「なにも変わりはないよ。部下に嫌われる課長のまま」

「お互い、あと六年の辛抱よ」

笑った彼女の、元妻の目尻《めじり》に深い皺が寄る。年に一度、命日に会おうという約束をどちらから言い出したのかは忘れてしまった。離婚して数年経ってから、彼女とこうして食事をして、そして、別れることを繰り返している。

彼女は同じ会社の研究開発部にいるが、社内では滅多に顔を合わせることはない。いつも会社から遠い場所の、彼女と自分の住まいの中間地点にある高層ホテルのレストランで会った。

天井まで続く窓から、夕暮れどきの空が見えた。驚くほどの近さにスカイツリーがある。

同期入社の彼女と結婚をしたのは三十のとき、離婚をしたのは三十三のときだった。離婚後も、自分と同じく妻はずっと一人だ。早いうちに再婚をしていれば、子どもは産めたはずだ。けれど、再婚も出産もしなかった。そこに、二人の間に起こった出来事の関係があるのかないのか、それを彼女に聞いたことも、彼女の口から聞いたこともない。

「私たちは同志なのだから、一年頑張って生きてきたことに、お互い健闘をたたえ合いましょう」

いつか彼女はそう言った。同志という言葉に違和感を持ったが、大きな悲しみを共有した二人、という意味では、確かに僕らは同志なのかもしれなかった。

どこからか赤んぼうのぐずるような声が聞こえた。声からして生まれたてのようにも思えた。彼女と二人同時に、声のするほうに目をやった。そして、彼女と顔を見合わせる。彼女の下瞼《まぶた》がかすかに黒く滲《にじ》んでいる。

「こんな場所にもいるのね」

そう言って酒の飲めない彼女は、グラスに入った発泡水を口にした。

「私だったら、どんな事情があっても、こんなところに連れてこない。たくさんの人がいる場所なんて、なんの病気にかかるかわからないもの。普通なら、家にいて、赤ちゃんを子守歌で寝かしつけている時間よ」

姿が見えない赤んぼうの母親を責めるような口調で彼女は言った。

「生まれたての赤ちゃんは弱いものでしょう。大人が考えているよりずっと、ずっと」

そうだね、と言う代わりに頷《うなず》いた。自分の視線が彼女をとがめていないだろうか、ということが気になって、皿に目を落とした。食べかけの肉にかかったマデラソースが、不可思議な模様を描いているのを、ただ黙ってじっと見ていた。


夢を見た。彼女に会ったあとにその夢を見ることが多い。いつも同じ夢だ。

僕と彼女はあの病院の、あの病室にいる。壁も床も白い部屋。白いカーテンを開くと千夏《ちなつ》が眠っている。千夏の体のまわりを花びらが囲んでいる。千夏がもうここにはいないということを夢のなかで、僕は何度も体験する。それでも、千夏に近づき、その小さな額に手をやる。生きている者のものではない冷たさに、はっとして目を醒《さ》ます。

首筋や脇の下や背中に汗をかいている。時計を見ると、もう午前七時を過ぎていた。シャワーを浴びなければ、と僕はベッドから立ち上がる。湿ったパジャマと下着を脱ぎ、洗濯機に放り込み、浴室のシャワーの栓を開く。まだ、十分には温まっていない冷たい水を頭から浴びながら、僕は思い出す。二十三年前の六月のことだ。

朝、起きてもミルクをのまず、ずっと眠っているのは眠いからだと二人とも思っていた。

ただの風邪だろうと考えた僕と彼女は、休日診療をする近くの小児科に千夏を連れて行った。具合の悪い子どもと、付き添いの大人たちで待合室はごった返していた。彼女は千夏を抱いたまま、待合室の片隅に立ち、千夏の体を揺すり続けていた。二時間近く待って、ようやく診察室に通された。自分とそれほど年齢が変わらないような女性医師の顔色が千夏を見てさっと変わった。すぐに救急車を、と、その小児科から医療センターに向かった。その病院なら担当は、と先輩MRの名前を思い浮かべていた。

救急車のなかで千夏の小さな口元に酸素マスクがあてられる。その姿を見て、どれほど千夏の容態が悪かったのかを、自分と彼女は初めて知ったのだった。

医療センターですぐに治療が始まった。年に一人か、二人、赤んぼうが感染するという細菌に千夏の体は冒されていた。

「赤ちゃんは悪くなるのも早いですが、快復するのもすぐなんです」

中年の男性医師の言葉を信じた。抗生物質が千夏の体に投与された。一度も千夏は目を醒まさなかった。彼女は憔悴《しょうすい》しきっていた。交代で千夏のそばに寄り添い、千夏のベッドに体をもたせかけるようにして、あるいは、病室の外に置かれた人工皮革のソファで二人、短い睡眠をむさぼるようにとった。その間、何を食べていたのかも、どうやって着替えをしたのかも、あまり記憶がない。病院の廊下で僕は途方に暮れて窓の外を見ていた。地鳴りのような雷の音が聞こえて、ギザギザを絵に描いたような稲光が空に走った。

医師の言うとおり、明け方、千夏の体調は急変し、そのままだった。あっけなく、このまま終わってもいいものか。まずわき起こってきたのは、怒りの感情だった。会社の入社面接で、若い僕は、志望動機を聞かれると、「病気で困っている人を救いたい」とそのことばかりを小学生のように繰り返していた。

救えやしないじゃないか。何も。誰も。

彼女は憔悴しきっていたから、親族への連絡、葬儀会社とのやりとりなどはすべて僕がした。小さな遺体、小さな棺《ひつぎ》、そして、あまりに小さすぎる千夏の骨壺《こつつぼ》。布に包まれたそれが自宅に戻る頃には季節が変わっていた。雨が降っていた時期には、あんなに生き生きしていた紫陽花《あじさい》が、強い夏の日差しを受けて、しなびたようになっていた。

千夏の遺骨が家にあっても、部屋は千夏がいた頃のままだった。使いかけの紙おむつのパッケージ、フェルト製の音の出るおもちゃ、部屋の隅で畳まれたままの千夏の小さな服や下着。片付ける気にはならなかった。僕はそれでも葬儀から三日後には仕事に戻る必要があった。彼女は上司の理解もあって、長期の休暇をとることが許された。昼間は彼女の母親が付き添い、僕もできるだけ早く帰宅するようにした。

こんなにも抱えきれない大きな悲しみが癒える日が来るのだろうか。僕にはわからなかったが、食べていくために仕事をし、彼女を支えなければならなかった。

夕食は彼女の母親が用意しておいてくれた。それを僕が温め、彼女を促して食べさせた。僕だって何を食べても味はしなかった。それでも食べた。僕自身が倒れるわけにはいかなかった。

ある日、温めた食事を前にして彼女が言った。

「あなたは私のせいだと思っているんでしょう？　私がもっと早く気づいていたら。千夏の異変を見逃さなければ」

「そんなことを思ったことはないし、思ってもいない」

「言葉に出さなくてもあなたの目がそう言っているの」

その夜から、幾度、こんなやりとりがあっただろうか。千夏の不在が、僕と彼女の関係性に大きな打撃を与えたことは確かだった。けれど、僕は彼女をなだめ、励まし、これからもいっしょに暮らしていきたいのだ、と繰り返すしかなかった。

「ごめんなさい。あなたとはもう暮らせない。離婚してください」

彼女がそう言ったとき、もし千夏が生きていたら、二歳になっているはずだった。

母の施設を見舞った日だけではなく、会社で部下たちに言いたくもないことを言わなければならなかった日、僕は公園の池のそばで電子タバコを吸うようになった。

あと六年の辛抱、とこの前会ったとき、彼女はそう言った。それが長いのか短いのかもわからない。六十になって、そのあと、自分が何をして生きていけばいいのかもわからなかった。

電子タバコをくわえ、息を吸い込むと、先端が青く光った。

こんな時間だ。誰かにとがめられることもないだろうと、今一度、息を吸い込もうとしたとき、また、あの音がした。聞き覚えのあるあの音。ぎょっとして左を向くと、この前と同じ白いスカートがやみに浮き出た。女が立ち上がり、自分に近づいてくる。咄《とっ》嗟《さ》に警戒した。このご時世だ、大きな声でも出されて、濡《ぬ》れ衣を着せられるのはたまらない。電子タバコを手にしたまま、体をかたくしている僕の目の前に立った女が言った。

女、というより女の子だった。

「また、蛍みたい」

そう言って、口のなかのほおずきを鳴らす。お互いの顔すらはっきりとはわからないほどのやみのなか、その音が響く。

「お客さんがくれたの」

僕は黙ったままだった。

「空気を入れてこう……」

目の前の彼女に困惑しながら、ずいぶんとうまく鳴らせるもんだ、とどこかで感心している自分がいた。

「こんな時間に一人で公園にいたら危ないだろう。ご家族も心配する。早く帰ったほうがいい」

　ぐいと距離を縮めてくる女の子がこれ以上、こちらの領域に入ってこないように、結界を作るようなつもりでそう言った。

「心配する家族なんていないよ。母さんは夜パートだし」

　いったい彼女はなんの目的があって自分に近づいてきたのか。そう思いながらも言った。

「だったらなおさらだよ。こんな時間に、変な男につけまわされでもしたら」

　彼女が笑った。小鳥の囀《さえず》りのような笑い声だ。

「お客さんみたいなこと言うんだね」

「お客さん？」

「ああ……あたし、駅裏のソープで働いているから」

「…………」額に汗がにじむ。

「いつか来て」そう言って名刺大のカードを差し出された。やみのなかでもそれがカラフルなカードなのだとわかる。顔写真が入っているが、それは今、目の前にいる彼女とはあまりにも遠い。

　白いスカートが揺れる。彼女は僕から離れ、ベンチから遠ざかる。白いスカートがやみにまぎれ、そして、見えなくなったが、「あたし、時々、夜、ここにいるから」という声だけがどこからか聞こえた。

離婚してから、恋愛を一度もしなかったというわけではない。けれど、それはいつも自分と同年代か、少し年上の女性だった。千夏の死が関係しているのかどうかはわからないが、年下の女性に恋愛感情を抱く、ということに禁忌に近い気持ちを抱くようになった。

社内では、自分の子どもほど年齢の違う女性と遊んだり、不倫しているやつらもいた。そんな話を聞くたび、胸のうちに夥《おびただ》しい毒虫が蠢《うごめ》いているような気持ちになった。

離婚後の恋愛が続かなかったのは、自分の芯《しん》に千夏の死があることは確かで、どんな相手でも千夏がいなくなった穴を埋めてはくれなかったし、相手にそういったことを求めるのは卑怯《ひきょう》だろう、という思いもあった。

「千夏は生きていたらいくつになる？」

亡くなった子どもの年齢を数えてはいけないと誰かに言われたこともあるが、自分が年齢を重ねるたび、千夏も年齢を重ねているのだ、と思いながら生きてきた。千夏はこの世にはいない。けれど、僕は永遠に千夏の父なのだった。

一年前に千夏と同じ年に生まれた新入社員が入ってきたときに思ったことは、千夏が生きていたら、もうこんなに大きくなるのか、ということだった。

隣の部署には、千夏が成長したらこんな子になっていたんじゃないか、という子が入った。綺麗《きれい》に並んだ歯が光る、よく笑う子だ。千夏もよく笑う子だった。千夏の笑い顔が見たくて僕は、千夏の体をくすぐり、変な顔をして見せた。そのたび、飽きもせず千夏は笑った。小さな鈴が鳴るような千夏の笑い声。その声は僕のなかに永遠に刻まれて、いつでもそれを思い出すことができた。

まごつきながら、仕事に慣れようとする彼女を見守った。社会人としてできるようになることが増えていく彼女の成長が嬉《うれ》しかった。生まれてからたった三ヵ月で亡くなった千夏は、笑うことはできたが、歩くことも、走ることも、喋《しゃべ》ることもせず、この世を去った。けれど、千夏は一人の生きた人間として、どこかで成長しているのではないか。もしかしたら、この会社に入ってきた新入社員として。そんな妄想が広がった。

もちろん、何を馬鹿なことを、と思うくらいの冷静さは持っていた。それでも、千夏と同じ会社で働いているのだ、という妄想を捨て去ることはできなかった。そういう妄想を決して外には漏らさないようにして、僕は会社で部下を叱り、口うるさい上司として嫌われながら仕事を続けた。

「おまえ、風俗とか行ったことある?」

安くてボリュームがある、けれど自分くらいの年齢の者の胃には少々重たいメニューばかりの社食で向かいの席に座った宮竹に聞いた。

「な、なんすか急に」

宮竹が飲んでいた味噌《みそ》汁を噴きだしそうになりながら言った。

「いや、なんとなく……」

「勝俣さん行くんすか？　そういうところ」

「一回もない」本当のことだった。

「まあ、勝俣さんには縁遠い感じがしますよ、ああいうところは、俺は」

宮竹が椀《わん》のなかのしじみの貝殻を、食べ終わった漬け物の小皿に箸《はし》で移しながら言った。

「あるのか？」

「えーっと、まあ、ありますよ……ごく普通の男ですから」

「どういうタイミングで？」

「なんすか今日？」

「いや、ただの興味だよ」

「調子狂うなあ……」

そう言いながら宮竹は箸を置き、ハンカチで額の汗を拭《ぬぐ》った。

「まあ、そういう気持ちになったけど、相手がいないときとかですよ」

「ふーん……」

「なんだか尋問されてるみたいだな……まあ、正直に言えば」

宮竹は声を落とした。二人のテーブルのまわりには誰もいないが、社内で大声でするような話ではない。

「奥さんの妊娠中にも一回行きました。いや、最低だってわかってますけど、どうしようもなかったんですよ。浮気よりよくないすか？」

そう言われても、元妻の妊娠中に風俗に行くなんて思いもよらなかった。自分が清廉潔白な人間というわけではなく、元々背負っている性欲の強さのようなものが違うのだろうという気がした。

「ああ、あいつらはよく行ってますよ。担当ドクター連れて接待だって」

宮竹が口にした名前を聞いて、彼らの顔が浮かんだ。自分の直接の部下ではないが、接待というならば、いったいどうやって経費を落としたのか、それが疑問だった。

「医者なのに、風俗ってどうよ、って正直思いますけどね」

宮竹は黙っている自分に向かって言葉を続ける。

「別に勝俣さんは行ったって、いいんじゃないすか？　独身なんだし、はまってはまって、抜け出せないってタイプじゃないだろうし」

「おまえ、風俗で働く女の人ってどう思う？」

「えっ……」

そう言って宮竹は湯飲みに口をつける。

「事情があって働いている人もいれば、その仕事が心底好き、っていう人もいるんじゃないですか？」

「ふーん……おまえ、風俗で働いていた人とつきあえる？」

「いや、それはちょっと」

「なんだか」

「……僕にはちょっと無理ですね……」そう言って宮竹はお茶を飲み干す。

宮竹の消え入るような声が、どこかのテーブルから聞こえてきた若い社員たちの賑《にぎ》やかな声にかき消された。

いつしか、週に三度は、公園のベンチを訪れるようになっていた。あの女の子と会えるかもしれない、という期待が確かに自分のなかにあった。女の子と会いたいのなら、あの日にもらったカードの店に行けば確実に会える。けれど、そこまでの勇気はなかった。女の子と会うというより、あのほおずきの音を聞きたい、というのが正直なところだった。

この前会ったときから一週間、二週間が過ぎても、女の子と会うことはできなかった。もう永遠に会えないのなら、それはそれで仕方のないことだと思った。藪蚊《やぶか》に刺されながら電子タバコをくわえる。しばらく時間をつぶして部屋に帰る。それならそれで良かった。執着、というものが生まれる前に、このまま彼女が目の前にあらわれなければいいと思った。

梅雨が明け、夜になっても体にまとわりつくような湿度に耐えながら、ベンチに座っていると、ぽんと肩を叩《たた》かれた。

「蛍さん」

振りかえると、彼女が立っていた。

「もしかしてあたしのこと待ってた？」

そう言っていつか聞いた声で笑った。距離を置いてベンチの端に腰を下ろす。今日は白いスカートではなくデニムのようだった。

「それ、少し吸わせてくれない？」

手にしていた電子タバコを指さして彼女は言った。吸い口をハンカチで拭《ふ》いてから彼女に差し出した。

「そんなことしなくていいのに」

やみのなかで青い光が点滅する。確かに蛍のようだった。

「空気みたいなものだね。これは」

そう言って彼女は電子タバコを返した。僕は吸い口に目をやった。

彼女は笑って言う。

「ちゃんと拭いてね」見透かされたような気がした。

「今日は……」

「ん？」

「ほら、いつも、ほおずき、鳴らしているから」

「ああ」

「上手に鳴らす。なつかしいよ」

彼女のことをなんと呼んでいいのかもわからず、思わず口調がぶっきらぼうになる。

「お客さんがくれたの。ほおずき市に行ったって。鉢で。こんなの、もらってどうしようって思ってたら、店長がそれ鳴らせるんだぞ、って。でも、店長もどうやって鳴らすのかわからなくて、結局ネットで調べたんだよ。最初は失敗ばっかりしてたけど。休憩室でみんなで鳴らしてさ」

「そのほおずきの鉢はどうしたの？」

「とっくに枯れちゃったよ」

行ったことのないソープという場所の休憩室でしおれているほおずきを想像した。楽しい想像ではなかった。

「おじさん、こんなところでいつも煙草吸ってるけど、いいの？　家族とか」

「いや、一人だから」

「ふーん……離婚したの？」

「そう」

「子どもは？」

「いたけどいない。生まれてすぐ亡くなったから」

子どものことを聞かれると曖昧《あいまい》に答えるか、子どもはいない、と答えるのが常だったが、彼女にぽんぽんと質問されているうちに思わず本当のことを答えてしまった。

「そう……」彼女の返事にどんな感情も読み取れなかった。

「君はいくつ？」

「十八。なーんてね。本当は二十三。大学院の一年生。一浪してるから」

それも嘘のような気がしたが黙っていた。本当なら千夏と同じ年だ。

「学費稼ぐために働いてるの。うち、母子家庭だからね」

それも本当かどうかわからない。

ふと頭に浮かんだのは、客を集めるために、彼女は深夜にこの公園にいるのではないか、という疑念だった。けれど、同時に頭に浮かんだのは、彼女のために何かできないか、という気持ちだった。馬鹿げている、と思いながら、その想像が止まらない。

彼女が言うことが本当だとするならば、千夏と同年齢かもしれない彼女のために学費の一部くらい支払えるのではないか。彼女が店をやめるために。

それと同時に、ほかの客にも同じようなことを言っているのではないか、自分と同じように考えている客はほかにもいるのではないか、と頭のなかでぐるぐると巡った。

「同情してるでしょう？　だったら今度、お店に来て。それがあたしのためよ」

彼女は音もなく立ち上がり、そしていつものようにやみのなかにまぎれていった。

それからまたしばらくは、夜に公園に行っても彼女は姿をあらわさなかった。彼女がくれたカードは財布の中に入れたままだった。

今一度、彼女に会うためには、彼女が働いている店に行けばいいのだが、やはりそこまでの勇気はなかった。店に行って、彼女の客になるのはまっぴらだった。

いつのまにか、自分のなかに彼女に会いたいという気持ちが根を張り始めている。もちろんこれは恋愛ではない。会社にいる千夏と同年齢の女性社員に対する気持ちと同じだ。遠くから見守りたい。できれば、彼女のために何かしたい。

そこまで考えて頭に浮かんだのは、いつか新聞で見たレンタル家族のことだった。レンタルの娘。そんなものを僕は彼女に求めているのではないか。そう考えてしまうほど、自分は一人で、孤独な人間なのか、と思ったら、肺の深いところから、ため息がひとつ出た。


元妻から連絡があったのは、八月の初めのことだった。

「再婚しようと思っているの」

会うなり、彼女はそう言った。

髪はこの前会ったときよりも短く、明るい色で染められていた。

そして、自分も知っている名前を口にした。研究開発部の彼女の部下だ。年齢は六つか七つ下だったはずだ。

「よかったじゃないか」

僕は彼女の目を見て言った。かすかに落胆した気持ちを押し隠すように。

パートナーも子どももいない人間同士、自分と同じような老後を彼女も送るのだろう、と思っていた。恋愛感情などとうにないけれど、同志なのだから、会社を定年退職して、ほかに誰もいないのなら、彼女と共に暮らす可能性もなくはない、という考えが頭をよぎることもあった。

けれど、彼女はこれから先、共に生きていく誰かを見つけたのだ。そして、自分だけが残された。

「だから、お墓参り、いっしょに行かない？」

千夏の墓参りは、それぞれ一人で行っていた。命日には会うが、いっしょに行ったことはない。ずっとそうだった。僕は夏の休暇の間に行こうと思っていた。

「来年からは夫と行きたいの。だから」

彼女が口にする夫というのが自分ではないことは十分わかっているはずなのに、その言葉で胸が鋭角に抉《えぐ》られたような気がした。

「そうだな。……最後くらいはいっしょに行こうか」

彼女は目を細めて笑顔で僕を見つめる。彼女のなかにある明るいものが外にこぼれてくるような微笑みだった。その顔が好きだった。よく笑う赤んぼうだった千夏は、確かに彼女の血を引いていたのだと、改めて思った。

翌週の日曜日、千葉の南房総《ぼうそう》にある千夏の墓に二人で向かった。千夏が亡くなったときに買い求めたものだ。僕の郷里は北海道だ。そんな遠くに千夏の骨を埋めてしまいたくはなかった。僕が車を運転し、彼女を助手席に乗せて、南房総をめざした。彼女を車に乗せるということ自体、離婚してからなかった。そして、これが多分、彼女との最後のドライブになる。

東京からアクアラインを経由して約一時間半、東京湾を望む小高い山の上に千夏の墓はあった。めったに訪れることはできないが、管理されているおかげで、墓も、まわりも清潔に保たれていた。彼女と二人で、買って来た花を手向け、線香に火を点した。煙が夏の空に吸い込まれていくように立ち上る。

ふと、千夏の遺骨が入った小さな骨壺を思い出した。この墓の下に千夏の骨壺はある。遺骨はただの遺骨で、そこに千夏の魂が宿っているとは思えない。けれど、ここに来るたび、千夏を置き去りにしているような気持ちになる。自分の生がいつまで続くかわからないが、早く自分も白い骨になって、千夏のそばに寄り添ってやりたい、といつしか思うようになっていた。

「私、このお墓には入れないのね」

水色の麻のワンピースを着た彼女が墓の前でしゃがんだまま、僕を見上げて言った。

「そんなこと離婚したときにわかっていたはずなのに……ね」

墓の上辺をまるで子どもの頭のように撫《な》でる。

「わがままかもしれないけれど、死んだあと骨になったとき、千夏と離れ離れになるのはなんだか寂しいな」

死のことを、死んだあとのことを考えてしまうのは、僕も彼女も五十代半ばに近づいているせいかもしれなかった。離婚したあと、彼女の両親は立て続けに亡くなった。三年前には僕の父が亡くなった。葬式に出るたび、順番、という言葉が頭に浮かぶ。次々に死んで。次々に生まれて。

「分骨して、そっちの……新しいご主人の家の墓にも入れてやろう」

「え、いいの」彼女が目を瞠《みは》る。

「親子だもの」

「ありがとう……」

見慣れた笑みを浮かべて彼女は立ち上がった。長い時間、助手席に座っていたせいで、ワンピースの後ろに皺ができている。その皺を気にしながら彼女は言った。

「ねえ……」

「ん」

「自分がするから言うわけじゃないんだけど……」

「ああ」

「あなたも再婚したら」

「余計なお世話だよ」僕は笑って言った。

「あなた、会社で意外にもてているの知らないでしょう?」

彼女は研究開発部の若い女性社員の名前を口にした。けれど、どうしても顔が思い浮かばなかった。

「会社では蛇蝎《だかつ》のように嫌われているんだ。そんなわけないよ」

「まあね、会社でのあなたはちょっと怖いわね」

「君もだよ」

笑いながら彼女は僕の肩越しに首を伸ばした。僕も振り返る。夏の強い光が反射する東京湾が見える。

「あなたに幸せになってほしいのよ」

頭ひとつ小さい彼女が腕を伸ばし、僕の腰のあたりに触れた。その温かみがなつかしかった。けれど、もう二度と感じることはないだろう。

「まずは君からだろう」

彼女の手が僕のシャツをぎゅっと摑んだ。俯《うつむ》く彼女の肩に僕は手を置いた。


「僕、会社辞めます」

そう言う立松の顔が青ざめている。

立松の抱えている案件について、いくつか質問をした後のことだった。

「僕にはもう無理です。課長に言われること、僕にはできないし、こなすことができません」

他のMRたちは、昼前のこの時間はほとんど出払っていたが、隣の課の社員たちの視線が集まっているのを感じていた。皆、立松の言葉に耳をすましている。

「そもそも僕の性格からいって営業なんて無理です。人と話すことも嫌いだし。……医者だって、僕はもっと立派な人たちだと思っていました。ところが会ってみれば俗物ばっかりじゃないですか。そんな人たちのご機嫌をとるような仕事はもう嫌なんです、僕」

「立松はよくやっているじゃないか。俺の言葉が気に障ったのなら、あやまる。だけど」

「もう無理です。僕にはそもそも無理だったんです」

それだけ言うと、立松は自分のデスクに戻り、鞄を抱えてフロアを出て行こうとする。

「おい」

立ち上がり、その背中に声をかけるが、立松はフロアを小走りに駆けていく。まるでもうここには未練などない、と言うように。僕を制し、二人の社員があとを追った。フロアを見回す。こちらを見ている社員たちの顔があった。僕と目が合うと、皆、目を逸《そ》らす。

どさりと椅子に腰を下ろして、無意識にジャケットのポケットを探った。手に長いものが触れた。取り出し、無意識に口にくわえてから気がついた。電子タバコとはいえ、ここで喫煙できるはずがない。煙を吐き出すかわりに、僕はただ息を長く吐いた。

「ちょっと彼はメンタルきてたみたいですね。どうやら」

目の前にいる宮竹が白飯を口に運びながら言う。

「メンタル？」

白飯を飲み込んで宮竹が頷いた。社食に来たものの食欲なんてまるでなかった。フロアを飛び出したきり、立松は戻ってこない。本当に辞めるつもりなのか。

「うちの課に立松君の同期の男子がいるでしょう。彼がいろいろ聞いてたみたいで」

「俺のせいか」

「いやいや、大学時代から、ちょいちょい不調になることはあったみたいで。通院して薬を飲んでた時期もあったみたいです」

「そんなことちっとも知らなかった」

「そりゃ、就職に不利になるようなことは言わないでしょう。既往歴だって、メンタルの病気ならなおさら隠しておきたいだろうし」

「……パワハラ」

「え？」

「パワハラになるのか、俺のやったことは……」

「あからさまに、いじめや嫌がらせをしたわけじゃないし、大声で怒鳴ったわけでもない。勝俣さんがやっているのは、あくまでも業務上の指示、指導ですよ。誰が上司でも、立松君には負担の大きい仕事だったんでしょう。……訴えられたりしませんよ」
そう言われたものの、腹のなかには収まりきれないものが残った。

その日の夜、居酒屋のカウンターで一人、夕飯代わりにつまみを食べ、酒を飲んだ。会計をしようと財布を開けたとき、あの女の子にもらったカードが目に入った。ただ、居酒屋を出て、その店に足を向けても、なかに入るつもりなどなかった。ただ、彼女がどんなところで働いているのか見てみたい、そんな下世話な興味からだった。昼間に起こった出来事は咀嚼《そしゃく》しきれないままだった。

立松のことはもちろん心配だ。けれど、あの一部始終をどこか冷めた目で見ていたほかの社員たちの視線を思い出すと、不快さが湧く。一日のほとんどを同じ場所で過ごして、まるで家族のような気持ちになることもあるけれど、会社は家庭ではない。家族が家族にあんな目を向けることはないはずだ。

駅裏にある歓楽街に行ったことなどなかった。自分が住むマンションのあたりと、ここが同じ町なのか、と思うくらいに様相が違う。どぎついネオン、どこからか聞こえる嬌声《きょうせい》、片付けられないままの嘔吐《おうと》物、店前に並ぶ黒服の男と、肩の出るミニドレスに身を包んだ派手な女、ふらついた足どりでホテルを目指すカップル。自分のマンションからはそんな風景は見えなかった。歩いているだけで、ここに漂う独特の空気が自分の体にまとわりついてくる。

「いい子いますよ」と言う男たちの声をかわしながら、それでも歩いて行く。

少し先に言い争いをしているカップルがいた。短いスカートから伸びた脚は驚くほど細く長い。男は黒いキャップを目深にかぶって、歩いているだけで背中を汗がつたっていくような気温なのに、グレーのパーカーを着ている。

女は黙ったままだ。男は自分の放った言葉に自ら興奮しているかのように、次第に声が大きく、乱暴になっていく。視線を一度やっただけで、極力視界に入れないように歩くが、つい目がいってしまう。男が女の肩を小突く。女の体が大きく傾く。男のほうが女よりも頭ふたつくらい大きい。男は体も筋肉質でがっちりしていて、その体格はどこか自分の父を思い出させた。

「だから、誰と浮気したのかって言ってんだよ！」

ただの痴話喧嘩《げんか》にしては、男の声は迫力があり過ぎる。女が何かを言いかけようとするが、彼女には何も言わせないように男の怒声が響く。女の背後にある店のなかから、男が一人出て来て、あまりに近い男と女の距離を離そうとするが、男はそれでも彼女に詰め寄る。店の看板が目に入った。ここは……。スラックスのポケットに入っていたカードに目をやる。確かにあの女の子の店だった。怒鳴られ、何度も小突かれ、うなだれている彼女の顔を見た。あの子だ。巻かれた髪と濃い化粧で気づかなかった。大きく一度、心臓が拍動するのを感じた。

ぱしっ、という音を立てて、男が女の子の顔を張る。その瞬間、考える間もなく、二人に近づいていた。

「やめなさい」そう言って二人の間に入った。

「なんだよ、てめえは!」男の声が鼓膜を震わせる。

「暴力はよくないよ」

「蛍さん!」女の子が僕の顔を見て叫んだ。すがりつくような視線だった。

「はあぁ? 蛍ってなんだよ。てめえもこの店の常連か。金で女買っておいて暴力はよくない、ってなんだよ」

男の顔が自分の顔の間近にあった。酒のにおいがする。

「違う。この人は違うよ。お客さんじゃない!」

「じゃあ、なんだよ。こいつが浮気相手か」

「違う!」

男の太い手が自分のシャツの首元を摑んでいる。息ができない。頸動脈《けいどうみゃく》の脈動を感じる。思わず、男を突き飛ばしていた。男は派手に道路に転んだ。

「なにすんだ! てめえ!」

立ち上がった男の腕が振り上げられた、と思った瞬間に口元に強い衝撃を感じた。口のなかに血の味がする。自分の血が逆流するような気がした。いつかこれと同じ感情を抱いたことがある。父を殴ったとき。千夏が死んだとき。そして、今日、ほかの社員から視線を向けられたとき。世の中の理不尽さが理解できないときだ。

「やめてっ！」

確かに女の子の声は聞こえていたけれど、自分の拳《こぶし》が確実に男の頬を殴る感触がした。男の体がよろめく。その勢いで再び、男が仰向けに転んだ。男の体に馬乗りになり、腕を振り上げようとしたとき、その腕を必死に摑む手の温かさを感じた。

「おじさん、やめて！　彼氏なの。殴らないで！」

絶叫に近い彼女の叫びで僕がひるんだ瞬間、こめかみに鈍い痛みを感じた。頭がくらくらとする。彼女の言葉が、大きくなった千夏に言われているように聞こえる。自分の子どもならば、こんなところで働かせない。こんな男とつきあわせない。けれど、彼女は千夏じゃない。どこで、彼女の人生をいいほうに導いてやれるなどと思い上がったことを考え始めたのか。

「警察呼ぶぞ！」

店の男の声に、男が立ち上がり、その場から走り去った。男を、女の子が追っていく。二人は兎のように、歓楽街を駆け抜けていった。

二人の姿が見えなくなったとき、殴られた場所がずきずきと痛みだした。

「ああ、これ、明日、随分腫《は》れると思いますよ」

控え室のようなところで、店の男が殴られた場所を消毒してくれた。部屋の隅には茶色いタオルが山のように積まれている。

「ああ、ここにも血が」

男が指差したところに目をやると、スーツの胸のあたりに、水玉のように赤い血が飛んでいる。ネクタイはいつの間にか消えていた。

「災難でしたね。……あの、うちの、お客さんじゃないすよね？」

「いや……」

「あ、でも、あんりの知り合いかなんかすか？」

薬箱の蓋《ふた》をしめる男のシャツの袖から、黒いタトゥーの端が覗《のぞ》いている。僕は黙っていた。あんり、という名前が彼女と結びつかない。

「あいつ、あんりの旦那《だんな》ですよ。まったくこんなとこ勤めさせといて、浮気だなんだってアホか」

そう言って男は煙草に火をつけた。僕が先端の火を見つめていると、一本差し出してきた。男が火をつけてくれた煙草を深く吸い込んだ。口とこめかみの傷がずきずきする。久しぶりの煙草でめまいを感じた。

「……学生、じゃないんですか」

「なわけない。あいつ、三十二ですよ。子どももいるし。とは言っても、親元に預けて、子育てなんかしてないみたいすけど」

煙草を吸いながら、案外、きれいに片付いている部屋のなかを見た。窓のそばの棚に、茶色く枯れた鉢がある。あれが、ほおずきの鉢だろうか。だとしたら、彼女の言葉はすべてが嘘ではなかったのか、と思った。

「ええっ、大丈夫ですか？」

「いや、なに、風呂《ふろ》場で滑って派手に転んでさ」

出社してから、そんな会話を幾度も繰り返していた。あざになったところは、絆創膏《ばんそうこう》で隠していたが、あまりに目立ちすぎる。

「喧嘩ですか？」

社食で会った宮竹が愉快そうに言う。

「誰と喧嘩するんだよ」

「勝俣さんはそういうタイプじゃないか。あ、でも女に殴られたとか？……ほら前に風俗がどうとか、やけに詳しく聞いてたじゃないですか」

「俺の歳を考えろよ」

「ですよね」

宮竹の言葉に曖昧に笑いながらも、今までの人生で二度、僕は人を殴ったことがあるんだ、と心のなかでつぶやいていた。一度は父を、二度目は昨日の夜、女の子に暴力をふるった男を。宮竹にも、会社の人間にも、見せていない自分を抱えて、長い間、ここで働き続けてきた。けれど、それは自分だけでなく、目の前にいる宮竹も、この社食にいる人間も、会社という組織にいる人間は皆そうだ。子どもを失ったという大きな傷すら、顔の絆創膏のように隠して、僕はここで仕事をしている。今日も、明日も。

「あ、そういえば、立松君、やっぱり一度、故郷に帰るみたいですよ。昨日、立松君の同期が彼の家に行って。相当、仕事のことで悩んでたみたいですね。……かなり前から通院していたそうです」

昨日、会社を辞めます、と言った立松は、今日、欠勤していた。

立松も会社では見せることのできない何かを抱えていたのだろう。そのことに自分は気づかなかった。僕が立松を追い詰めたのかもしれない、という思いは、このあともずっと抱えていくのだろうと思った。

社食で宮竹と別れ、フロアの自分の席に戻ってから、誰もいない廊下に出た。電話をかけてみたものの、予想どおり相手は出ない。しばらく待ったが、同じ音が鳴るだけだった。

「ゆっくり休めよ。また、いっしょに仕事しよう」

できれば、そんな言葉を立松にかけてやりたかった。言い訳めいていることは十分わかっている。けれど、立松の上司として、東京に戻る場所がある、ということだけは伝えておきたかった。

会社帰りに毎日、公園のベンチに腰掛けて電子タバコを吸うようになった。

彼女は今頃、どこで何をしているのか、と考え始めて、考えまい、ともう一人の自分が言う。たった数回、ここと、あの店の前で、顔を合わせただけの縁だったが、生きている人間ともう会えない、という事実も、ひきつれるような痛みをもたらす。

さて、部屋に帰るか、と脇に置いた鞄を手にして立ち上がろうとしたとき、遠くの草むらで、がさり、と音がした。振り返るが、誰なのかはわからない。くらやみに目が慣れるにつれて、白いスカートが浮き上がるように見えてきた。

「蛍さん」

彼女が僕の隣に座った。生きている人間の体温が僕のすぐそばにあった。

「お店辞めて、引っ越すの」

「……どこに？」僕は思わず聞いた。

「遠く……」

そう言ったまま、まっすぐ池のほうを向いている。僕はしばらくの間、彼女の顔を見つめていた。確かにあの店の男が言ったとおり、そばで見れば、彼女は若い女の子ではない。彼女に成長した千夏の面影を重ねるほどのさびしさを抱えていたことに僕はひるんだ。

「これ……」

そう言って彼女は手を差し出した。手のひらの上に袋のついたままのほおずきがある。

それを受け取った。

「最後の一個。お店のロッカーに入れておいたの」

そう言って、彼女はまた黙った。池の水を循環させる音、近くの幹線道路を行き交う車の音しか聞こえてこない。

「この前、ありがとう」

立ち上がり、彼女は言った。

「さようなら」

そう言うと、僕に頭を下げ、彼女はベンチを離れた。振り返りはしなかった。足音が次第に遠くなる。

ありがとうとさようなら。なぜだか、成長した千夏にそう言われた気がした。

ほおずきの袋を裂いて、中の実を僕は見つめた。ふと思った。

ほおずきを鳴らしてみようか。うまく鳴らせなくてもいい。それでもやってみようと思った。指で実をそっと揉む。実に自分の体温がうつって温かくなっていく。彼女がくれたその実が自分のどこかを温めていくような、そんな気がした。

金木犀のベランダ

選ばれるパンと選ばれないパンがある。

どれも同じ重さ、形、味で作っているのに、誰にも選ばれないパンが。

その日に売れ残ったパンを仕方なしに廃棄するとき、胸がきゅっと痛む。パンをゴミ袋に入れながら、売ってあげられなかったね、ごめん、と私は心のなかで手を合わせる。

店のドアにcloseと書かれた木の札を下げ、鍵《かぎ》を閉め、照明を落とす。奥の厨房《ちゅうぼう》では、栄太郎《えいたろう》がオーブンの掃除をしている。私は音をなるべく立てないようにして栄太郎に近づき、その背中にぎゅっと抱きつく。栄太郎が振りかえり、私を抱く。抱いてくれることがうれしい。栄太郎の腕のなかで自分の口角がきゅっと上がっていくのがわかる。栄太郎から小麦粉とバターとクリームが混ざったようなにおいがする。私からも同じにおいがしているのだろう。私と栄太郎は家族なんだ。そう思う。

この町で子羊堂というパン屋を始めて八年になる。築五十年をとうに過ぎた木造二階建ての小さな家を買い取り、一階を厨房と店舗に、二階の二間を自分たちの部屋にした。どこから見ても古くてみすぼらしい家だし、二階の部屋の床は傾き、台風が来れば雨漏りがした。大きな地震が来ればぺしゃんこになってしまう可能性のほうが高い。それでも、外壁に蔦《つた》の絡まるこの家を私たちは愛していた。自分たちのパン屋を持つ、という夢を私も栄太郎もあきらめきれなかった。一生に一度の大きな買い物。ローンもまだ当分残っている。

仕込みのために朝の四時に起きて、店の営業は夜の七時まで。その日のパンがすべて売れてしまったときには、店を早く閉めることもあるけれど、一日十五時間以上の労働は四十三歳になった私と栄太郎には、年々楽な仕事ではなくなっている。腰も肩も痛い。

「わあ！　メロンパンまだ残ってた」

そう言って私たちが作ったパンを買ってくれるお客さんの顔を見れば疲れも吹き飛んだ。日々、誰かの空腹を満たすもの。一日、職場や学校や家庭でいやなことがあっても、私たちが作ったパンで心の中の霧が晴れるかもしれない。日々、そういうものを作り、お客さんの手に届けることができることが喜びだった。

厨房でまだ片付けをしている栄太郎を一階に残したまま、きしきしと、奇妙な音を立てる急勾配《こうばい》の階段を上がる。ああ、いけない。忙しさにかまけて、朝干した洗濯物がそのままだった。私は掃き出し窓を開けて、ベランダに出る。

ついついベランダと言って栄太郎に間違いを指摘されるのだが、ここはベランダではなく、物干し台だ。大きな台風が夏の終わりに来たときには、吹き飛ばされるんじゃないかと思ったくらいの年代物。タオルやシャツはもうすっかり冷たくなっている。目を上げると、屋根の向こうに銭湯の高い煙突が見える。隣の家から、シチューの香りがする。どこかの家から子どもを叱る大きな声がする。

あ、この香り、と思って、私は深呼吸する。一年の間、一週間しか香ることがないという金木犀《きんもくせい》の香りがどこからかする。その香りを嗅《か》ぐと、胸のあたりがせつなくなる。けれど、私が育った施設には、金木犀の木などなかった。施設を出て暮らしたアパートのそばに、金木犀があった記憶もない。

もしかしたら、と私は思う。私は金木犀の生えている家で生まれたのかもしれない、と。けれど、それを確かめるすべがない。私は両親の顔を知らない。生まれてすぐ乳児院の前に捨てられ、それから十八まで施設のなかで育った。いろんな子どもがいたし、いろんな経験をした。もちろん、いいことじゃないことのほうが多かった。自分がどうしてそういう生まれと育ちに巡り合わせたのか、そんなことはわからないけれど、それでも思うのだ。栄太郎という人と巡り合って家族になれた。パン屋さん、という子どものころの夢を叶《かな》えることができたのは、奇跡みたいなことだと。

私は施設を出てから、しばらくの間、運送会社の事務員として働き、貯金をして、製菓専門学校に行った。卒業後に二軒のパン屋を経て、三軒目の店で同僚として出会ったのが栄太郎だった。

パン職人の仕事には男も女もない。体力勝負。失敗をすれば、ひどい言葉で怒鳴られる。長時間労働。もちろん残業代などつかない。同僚とブラック企業よりどこまでも黒い、とよく笑い合った。それでも店をやめなかったのは、パンが好きだったからだ。平日は早朝から深夜まで陽の差さない厨房で働き、週に一度の休みには、人気のあるパン屋を何軒も巡った。少ない給料は全部パンに消えた。

そんなふうにパン屋巡りを続けていたある日、私と同じようにプラスチックのトレイに山盛りにパンを積み上げている男の人と目が合った。

「あ」

お互い同時に声を上げた。それが栄太郎だった。

その店で会計を済ませて出て行くと、栄太郎が店の外にいた。

「次に行くのは小熊《こぐま》ベーカリーでしょ」

確かにその通りだったので、うん、と言葉に出さずに私は頷《うなず》いた。

ただのおとなしい同僚、という認識だった栄太郎を意識した最初の日だったと思う。どちらから言い出したのかはもう忘れてしまったが、私たちはその日に買った大量のパンを抱えて、その町を流れる川の土手に腰を下ろした。

休憩中も言葉の少ない栄太郎なのに、パンに関しては饒舌《じょうぜつ》だった。自分もそうだった。

「あんまりいいバターを使ってないね」

「一次発酵の時間が少し足りないような気がする」

「なんだろう、発酵臭が鼻に残らない？」

マフィンやデニッシュやベーグル、全粒粉食パン、パン・ド・カンパーニュ。私たちは買ってきたパンを一口食べては、勝手なことを言い合った。パンおたくという接点で私たちはお互いの世界に近づいた。

その当時、私と栄太郎が働いていたのは、イースト菌ではない天然酵母を使ってメランジェやカンパーニュ、バゲットといった、いわゆるハード系のパンを作り、売る店だったから、私も栄太郎も、そういうパンがいちばんえらい、パンの世界ではいちばんかっこいい、と思っていたし、自分たちの作っているパンがいちばんおいしい、という自負もあった。将来、自分がパン屋を開くのなら、当然、天然酵母を使ったハード系のパン屋だと信じて疑わなかった。

五月の連休明け、平日の夕方。鉄橋の上を銀色の電車がごとごと音を立てて走っていく。暑くもなく、寒くもない、いい季節だった。川から気持ちのいい風が吹いてくる。やっぱり自分たちの作っているパンがいちばんんだ。私も栄太郎もそう改めて感じるために、パンを食べ歩いているようなところがあった。あらかた、買って来たパンの試食を終えて、それほど期待しないで小熊ベーカリーのメロンパンを取り出した。あんぱんや、クリームパン、いわゆる菓子パンの類《たぐ》いは、正直なところ、ちょっと小馬鹿にしていたところがあった。先に栄太郎がメロンパンを齧《かじ》った。私の顔を見て目を丸くしている。私も慌てて自分の買ったメロンパンを口に入れた。

「おいしい……」思わず栄太郎が言った。

「おいしい……」私も同じことを言った。

「おいしいね……」栄太郎が同意を求めた。

「うん……」それしか言えなかった。

「これは、本気で作っているね……」

「うん……」

「こういうパンを作りたい」栄太郎が言った。

「うん！」

おいしい、と、うん、しか言えなかったが、私はしみじみ小熊ベーカリーのメロンパンに感動していた。私たちが今の店で作っているハード系のパンは人を選ぶだろうが、このメロンパンは人を選ばないと思った。誰が、どの年代の人が食べても絶対においしいと感じるだろう。

今思えば、あの土手で栄太郎と食べたから余計においしく感じたのではないかとも思うが、あのときはまだ、栄太郎のことを好きだともなんとも思っていなかった。けれど、小熊ベーカリーが私と栄太郎のパンに対する価値観を変えてしまったことは確かだ。かっこいいハード系のパンもあっていい。でも、そういうパンは人を選ぶ。堅くて食べられない人もいる。ハード系のパンの腕を磨いていくのはもちろんだが、万人に愛されるメロンパンのような菓子パンを作ってみたい。その日から、それが私と栄太郎の共通の目標になった。そして、その日から、私たちは、おいしいメロンパンを探して共に町を歩くようになった。

相変わらず、仕事場では何かしらの失敗をして、怒鳴られる日々が続いていたけれど、いつか自分の店を出す、という大きな目標があったからこそ、そんなにつらい日々でも耐えることができた。

「家賃がもったいないから、一緒に住もう。その分、店のための貯金ができるでしょう」

そう栄太郎に言われたのは二十五歳になったときだった。その年齢になるまで、私は誰かを好きになったことも、誰かと暮らしたいと思ったこともなかった。そういう出来事は自分には起こらないと思っていた。そもそも自分のことを誰かが好きになるかもしれない、という未来など想像していなかった。

栄太郎も私と同様、言葉が多い人ではない。休日にパン屋巡りをするだけで、つきあっている、と言えるのかどうかもわからなかった。一緒に住もう。店のための貯金ができるでしょう。短い言葉だが、そこには栄太郎の気持ちがみちみちに詰まっていると感じて、私は即座に返事ができなかった。子どもを説得するように栄太郎が言葉を続けた。

「一緒に店だそう。一緒に住もう。いつか結婚しよう」

いくつもの金の羽根が空から降ってきたような気がした。私のまわりに降り積もって黄金色の輝きを放っている。そんな幸運が自分に起こるとは思ってもみなかった。

二人で線路沿いの一間だけのアパートを借りた。西向きの部屋で、夏の午後は陽が容赦なく差し込むので、逃れるように、栄太郎とごろごろ古い畳の上を転がった。

パン屋巡りは相変わらず続けていた。これは！　というパンに巡り合うと、どういう理由でこのパンがおいしいのかを栄太郎と何時間も話し合った。栄太郎はそもそも、大学の生物学科で発酵について学んでいたので、私の知らないことをなんでも教えてくれた。おいしい、が、ただのおいしい、ではなく、なんでおいしいのか、クイズの答えを探るように、それを二人で考え、話すことが何より楽しかった。

栄太郎と同じ布団で眠った日、私は人間の肌の温かさを初めて知ったように思う。抱きしめられる、ということがこんなに幸せなことだとは知らなかった。体を交わすこと以上に、窒息するくらいに抱きしめられることを求めた。職場ではそんな素振りは絶対に見せなかったが（そもそも同棲していることも秘密だった）、二人の部屋の中では、必ず、栄太郎にくっついていた。

栄太郎に甘えていた。それ以上に私はこんなにも触れられることを渇望していたのだ、ということに気づいた。その頃、よく見た夢があった。私はやっとつかまり立ちができるくらいの赤んぼうだ。ベビーベッドの柵《さく》に片手をかけて、もう片方の手の親指を口に入れている。目の前を先生たちが（カトリック系の施設だったので、子どもたちの世話をするのは全員シスターだった）あっちにいったり、こっちにいったりする。子どもの泣き声が至るところでする。私も抱っこしてほしくて大きな声で泣きわめく。けれど、それが無理なことだともわかっている。シスターはいちばん大きな声で泣いている子ども抱き上げる。それを見ている自分のあきらめの視線。この夢を見て目覚めたときは、いつも目の端からほんの少しだけ涙が零《こぼ》れていた。

起き上がって隣で静かな寝息を立てている栄太郎に抱きつく。寝ぼけながらも栄太郎が私を抱いてくれる。ああ、よかった。私を抱きしめる人がいて。そう思うのと同時に、自分の生まれについて、いつか栄太郎に伝えなければ、と強く思った。

結婚はまだしていなかったけれど、私はこの先ずっと栄太郎と生きていきたいと思ったし、栄太郎だってきっとそうだろうと思った。そんなことをなかなか口にすることはできないまま、私は三十歳になっていた。それでも面と向かって話す勇気はなかった。仕事を終えて、疲れた体で二人の部屋までの道を並んで歩いていた。暗闇のなかで金木犀の香りがどこからかした。花の姿は見えないのに、ここに咲いている、と、香りで自分の居場所を示している。

「いいにおい……。こんな香りのパンがあってもいいよね」

栄太郎がつぶやく。

「あのね、私は……」

歩きながら、自分の生まれや育ちについて話した。部屋には五分とかからず着いてしまうので、夜の町の至るところを歩きながら話した。深刻な話にしたくはなかった。まるで、明日の天気について話すように話したかったし、聞いてほしかった。栄太郎は私の話に相槌《あいづち》を打つだけだったが、それでも真剣に聞いてくれている、と思えた。もう何回も通り過ぎていた金木犀の香りがする場所に二人、立った。

「だからって、それで繭子《まゆこ》のことを嫌いになんかならないよ。今までと何も変わらないよ。これからも、ずっといっしょに暮らして、いつかパン屋を開こう」

ただそれだけを言ってくれた栄太郎の腕に飛び込んだ。いつもと変わらない小麦粉とバターとクリームが混じった甘いにおいがした。

あと一年ほど貯金をすれば、なんとか店の頭金が貯まるだろうという年に、正式に栄太郎からプロポーズされた。もちろん、私が断る理由はない。私は三十三歳になっていた。栄太郎の言うとおり、栄太郎はこれからも自分を大事にしてくれるだろう、という確信はあった。けれど、心配なのは栄太郎の家族のことだった。

栄太郎は瀬戸内海《せとないかい》に浮かぶ小さな島の生まれで、三人兄弟の末っ子だった。私の生まれや育ちを聞いて反対されるかもしれない。それも不思議なことではない。籍を入れる前に島に行こう、と言われて、私は緊張しながらも、新幹線とフェリーを乗り継いでその島に向かった。

栄太郎の家は山裾《やますそ》に建つ小さな平屋で庭からは穏やかな海が見えた。その家に暮らすご両親に挨拶《あいさつ》を済ませ、栄太郎に倣って、大きな仏壇に手を合わせた。居間の鴨居《かもい》では、おじいちゃんだろうか、ひいおじいちゃんだろうか、モノクロの遺影がこちらを向いているのが少し怖かった。栄太郎のお父さんは栄太郎と同じように口数の少ない人で、感情をあまりあらわにしない。栄太郎は私のことはすでに話してある、と言っていたが、もしかしたら、私との結婚に反対しているのかもしれない、と思ったら、テーブルいっぱいのごちそうもあまり喉《のど》を通らなかった。お母さんは働きものだった。一瞬たりとも椅子に座らず、立ち回っている。台所のことを手伝おうと、お母さんのそばに行くと、「もう、家族じゃけんね。お客さん扱いせんほうがええけんね。手伝ってもらおうかね。藺子ちゃんの家はここじゃけぇ」と笑って言った。その顔はさっきまで見ていた海のように穏やかでぴかぴかしていた。

食事が済むと、みんなで村のはずれにあるお墓に参った。ここでも、私は勝手がわからないので、栄太郎やお母さんの真似をして、墓をきれいにし、花を手向けた。

「ここに藺子さんも入るんよ」

ぼそっとお父さんが言った。

「そんなん、ずっと先のことでしょうが」とお母さんがお父さんを笑いながら、たしなめたけれど、私はうれしかった。絶対に自分には縁がないと思っていた家族という輪っかにつながった気がした。

小熊ベーカリーの名前にあやかった子羊堂というパン屋をこの町にオープンしたのが、三十五歳のとき。ハード系のパンとメロンパンなどの菓子パンを半分ずつ並べた。最初の一、二年、パンは売れ残ってばかりだった。

「普通の食パンはないのね」

店のなかを見回して、そう言って帰っていくお客さんも多かった。それでも、オープン前から改良に改良を重ねたメロンパンは人気が高かった。近くにある高校の生徒が部活の帰りに寄ってくれたり、子どものおやつに、と買ってくれるお母さんたちも少しずつ増えてきた。それでも店の売り上げはいいとは言えなかった。素材には妥協したくない、というのは、私と栄太郎の絶対的な思いだったから、どうしてもパン一個の単価は高くなってしまう。それでも、ぎりぎりの値段をつけて売った。

「こんな高いパンはこの町じゃ売れないよ」

商店会の会長さんに面と向かってそう言われたこともあった。

いつかわかってもらえるはず。そう思いながら、私と栄太郎は毎日パンを作り、そして、売った。

私と栄太郎が三十八になった秋の朝、店を開けようとすると、ドアの前に数人の人が並んでいる。いったいなんだろう、と思いながら、ドアを開けると、お客さんが店の中になだれ込み、トレイを手にしてメロンパンが並べられた棚に向かっていく。その日用意していたメロンパンは瞬く間に売り切れた。

「今日はもうメロンパンおしまいですか？」

何人もの人に聞かれて、メロンパンを作る数を増やした。それでも、飛ぶように売れていく。うれしかったけれど不思議だった。ある日、メロンパンだけを十個買った若い女性に聞いてみた。

「……あの、うちの店、どちらでお聞きになったんですか？」

「ああ、ブログで。パン屋さんのブログを書いている有名な人がいて、それを見て」

栄太郎も私も日々の暮らしに埋もれて、ネットのことには疎かった。その日仕事を終えて、パソコンで、教えてもらったブログを栄太郎と恐る恐る見てみた。確かに記事はあった。タイトルの「子羊堂の絶品メロンパン」という文字だけが輝いているように見えた。うれしかったのはメロンパンだけでなく、ハード系のパンも確かな職人さんの腕を感じる、と書かれていたことだった。栄太郎と抱き合って喜んだ。そう、うちの商品はみんなおいしいんです。わかってくださってありがとう！　とパソコンに向かって大声でお礼を言いたい気分だった。

それからもメロンパンの人気は衰えず、メロンパン目当てに来てくれたお客さんが、ほかの菓子パンやハード系のパンも買ってくれるようになった。特にハード系のパンは、うちの店で出したいから、とカフェやレストランからの注文も増えた。

順風満帆。そんな言葉が自分の人生に出てくるとは思わなかった。借金はまだ残っていたが、前倒しで順調に返済はできていた。私にとって、子羊堂は、作っているパンは、自分の子どものようなものだった。その店を軌道に乗せようと頑張ってきて、その努力は大きな実をつけようとしている。どこに足りない部分があるだろう、それが私の率直な気持ちだった。

けれど、栄太郎にはもうひとつ夢があるようだった。私は栄太郎に言われるまで、その夢の存在に気づかなかった。

店を終えてその日の売り上げを管理するのは、私の仕事だった。パン作り以外、とりたてて得意なこともない私のなかでもいちばん苦手な仕事だ。パソコンに十分向かい合っているだけで頭痛がしてくる。それでも、ローテーブルの前で正座をしてポツポツと数字を打ち込む私の前に栄太郎が座った。ことり、とマグカップが置かれる。コーヒーのいい香りがした。栄太郎はパン作りだけでなく、コーヒーを淹《い》れるのも得意だ。将来は、パンを売るだけでなく、お店をもっと大きくしてイートインのスペースも作れたらいいね、そんなことを話し合ってもいた。

「そろそろ……」

「ん？」私はパソコンのモニターから顔を上げずに言った。あー、数字を打ち間違った。私は少しイライラしながらDelete キーを叩《たた》く。

「そろそろ、さ……」

「うん？」顔を上げた。

「僕たち」

「うん」

「子どもがいてもよくないだろうか」

「えっ……」驚いて座り直したので、肩からエプロンの紐《ひも》が落ちた。

「子ども……欲しいの？」

「……うん」こんな力強い返事をするのは珍しい。

「だけど、お店どうするの？　私、働けなくなるよ」

「うん。それはさ。店も順調だし、繭子が働けない間は若い人を雇ってもいいんじゃないかな、と僕は思っていて」

「えー……」語尾が弱々しく響く。

「ただ、無理なことはさせたくないんだよ。病院に行って治療するとかそういう……」

「うん……」

「だけどさ。自然に子どもができることを待ってみない？　これから。僕たちのところに来てくれるのなら、それを迎えたい」

「…………」

「という気持ちがあるんだ」

「うーん……」

その夜の話に決着がついたわけではない。それでも、具体的なことを言うと、その日から、私たちは避妊をやめた。子どもを持つ、ということに百パーセント同意したわけではない。けれど、私には確信があった。三十八という年齢の私が自然に妊娠することはないだろう。そして、それは実際のところそうだった。避妊をしないまま、私と栄太郎は四十を過ぎ、四十三になった。

子どもを確かに待っていた。けれど、それは叶わなかった。だから仕方がない。私は栄太郎との子どものことをそう捉《とら》えていた。子羊堂が、子羊堂で売るパンが私にとっては子どものようなものなのだ。栄太郎もそう考えているのだと思っていた。子どもの問題はもうおしまい。子どもを持たないという人生を生きていく。私のなかではそう決着がついていた。けれど、それは私のなかでだけ、だったようなのだ。

その男の子が店にやってきたのは、ずいぶんと日が暮れるのが早くなったな、と感じるようになった十月半ばの土曜日。時間は午後五時を過ぎていた。プラスチックのトレイを手にして、店のなかを見回している。すでにほかのお客さんはいなかった。小学校二年生か、三年生くらいだろうか、切りすぎた前髪から覗《のぞ》く太い眉毛《まゆげ》がどことなく意志の強さを感じさせる。洗いざらしのグリーンのトレーナーにデニム。小学生がよく履いているようなカラフルな運動靴。

パンを買いに来るお客さんのなかには子どもも多い。多くは近くの高校生や中学生だが、なかには一人で買いに来る小学生もいる。だから、特別おかしなことだとは思わなかった。

男の子はぐるりと店内を見回してから、レジに立っていた私のほうにやってきた。

「あの……」

「はい？」

「メロンパン……」

「ああ、ごめんなさい。メロンパン売れてしまったんです。ほかの、クリームパンとかあんパンなら、まだあるんですけど」

「……」ひどくがっかりした顔をしている。

「あの、メロンパンね。だいたいお店が開く時間ならあるんです。だけどね、お昼くらいまでに売れてしまうことも多いの……土曜日だと特にね」

男の子は私の言っていることを理解しようと頭を働かせているように見えた。私に一度頭を下げると、トレイを元の場所に戻し、ドアをするり、とすり抜けるようにして店の外に出てしまった。

「あの子、また来たんだ」

いつの間にかそばに立っていた栄太郎が言った。

「先週の土曜日も来ていたよ」

「えっ、そう……ぜんぜん気づかなかった」

店に来るお客さんのことをよく覚えているのはいつも栄太郎のほうで、私はなかなかお客さんの顔が覚えられない。お釣りを間違わずに渡すことに全神経を尖《とが》らせているせいか。レジは作業の手が空いたほうが担当するようにしていたが、愛想がいいのは、栄太郎のほうだ。なんとなく、そう思わないようにはしていたが、子どもや、子ども連れのお客さんには特ににこにこと対応している。そんなとき、胸のあたりがむず痒《がゆ》くなるような気もしたが、私は感じないふりをした。

子どもや子ども連れのお客さんよりも、私がよく覚えているのは、自分の親くらいの年代の人や高齢者のお客さんだった。パンを袋に詰め、お金を渡すとき、私は誰にも知られたくない想像をしている。もちろん栄太郎にも話したことがない。会ったことのない自分の父や母が、もしこの店のお客さんだったら……。私のことを娘と知らずに、私が作っているパンを食べていてくれたら。それはひそやかな夢想だった。

閉店間際になって、節子《せつこ》さんが店にやってきた。節子さんは近所のアパートに一人で住むご老人で、子羊堂がオープンして以来のお客さんだ。菓子パンは一切買わず、毎週土曜日に、小粒で種なしの干し葡萄《ぶどう》とクルミを混ぜて焼き上げたメランジェというパンを買いに来てくれる。

「薄く小さく切ってね、ほんの少しクリームチーズを載せて食べるの」

店に来るたび、そう言って微笑む節子さんは、多分、もうかなりの高齢だと思うのだが、薄桃色の口紅をひいていて、背中も曲がらず、年齢を感じさせない。もし、自分に祖母がいたら、節子さんのような人だったらいい。言葉にせずとも、特定のお客さんをひいきするのはやめよう、というのは、私と栄太郎のオープン以来のルールだったが、節子さんがやって来る土曜日にメランジェが残り一個になってしまうと、私は節子さんのために、それを売らずに紙袋に入れ、レジの下に隠しておいた。栄太郎もそれに気づいていると思うのだが、何も言わない。そのことに私も甘えている。

「まあ、いつもありがとう。ここのパンがないと、私、生きていけないもの」

節子さんはビーズ刺繍《ししゅう》が施されたがま口型のバッグの中から、年季の入った小銭入れを取り出すと、メランジェ一個分の小銭をぴったりと出す。節子さんがどんな部屋でどんな暮らしをしているのか、私は知らない。節子さんも余計なことは言わない。けれど、私は節子さんという人が好きだった。メランジェの入ったバッグを提げて、節子さんが出て行くと、私は店じまいを始めた。

「えこひいき……」栄太郎がそばに来て言う。

「そんなんじゃないよ」

と言いながら、私は店のドアの鍵を閉める。

「ああ、そういえば、今度の休み、栄太郎の先輩の家に行くんだよね」

次の休日は、栄太郎がパン職人として最初に勤めた店の先輩の家に遊びに行くことになっていた。

「うん、店を出したばかりだからさ。お祝いしに。ごめんね。休みなのに」

「ううん、ぜんぜん」知らない人に会うのは正直なところ得意ではないが、私はそう答えた。

私は栄太郎の背中に抱きついた。今日も一日が無事に終わった。なにも欠けているところはない。栄太郎の体から発せられるパンのにおいを胸いっぱいに吸い込みながらそう思った。

お子さんがいること聞いていなかったなあ……。来た早々、私は思った。

私と栄太郎の住む家からそう遠くない都電の走る町。古いマンションのドアを開くと、ボーダーのシャツを着て、紙おむつだけをつけた幼児が玄関に向かって走ってきた。

「こら、尚《なお》！」

お母さんらしき女性が子どものあとを追ってくる。

「ごめんなさい。お客さんがいらっしゃるのに、こんなで」

そう言いながらスリッパを出してくれた。

「いえいえ」と言いながら、私は少々面食らっていた。栄太郎の先輩である村松《むらまつ》さんは、尚と呼ばれた子どもを軽々と抱え上げ、奥のリビングに連れて行く。

通されたリビングは、まさに小さな子どもがいる家族の一部屋だった。散らばったブロック、パズルのピース、原色のサッカーボール。色が目に刺さるようだ。

「あの、これ……」

私が差し出したちょっと高めのワインを見て、村松さんがうれしそうな声をあげた瞬間、背中のほうで奥さんの声がした。

「こら、尚！　つまみ食いしない！」

それからテーブルについたものの、食事の間じゅう尚君が走り回るので、落ち着いて話はできなかった。子どもがいる生活ってこんな感じなんだ、と思いながら、自分には無理だ、と思ってしまう。村松さんはパン職人の仲間と店を出したので、元々私たちと同じパン職人だった奥さんの沙織《さおり》さんは、今は専業主婦として尚君を育てているのだと言う。

「やっと幼稚園に入ってほっとしたんだけど。何しろ、尚に時間をとられるから……」

そうだろうなあ……。沙織さんの言葉に頷きながら、やっぱり自分には子育ては無理だと思う。夕方近くなって電池が切れたように尚君がソファで眠ってしまい、私はほっと胸を撫《な》で下ろした。子どもが嫌いなわけじゃないが、大人になってからこんなに長時間、子どもといたことがない。沙織さんが尚君を抱きかかえて、リビングを出ていく。

「ふーっ、寝てしまえば大人の時間」

そう言って村松さんは笑いながら大きなため息をついた。

沙織さんも戻って来て、私と栄太郎と四人で、店についての話をした。

「うちも子羊堂くらい、有名なパン屋にならなくちゃ」村松さんが言うと、

「いえいえ。そんなそんな」私は栄太郎と同時に声を出した。

「独立したパン屋はみんな子羊堂を目指しているよ。子羊堂に追いつけ、追い越せ、ってね。たいしたもんだよ。こいつの、っていうより繭子さんの経営センスのたまものだよ」

それからしばらくパンやパン屋の経営の話になった。尚君には悪いが、尚君がいたときに感じていたような居心地の悪さは感じなくなっていた。そのことに少し心が痛む。

私は子どもが嫌いなのかもしれない、と認めることにどうして罪悪感を持ってしまうのか。

「尚、養子なんだ……」

村松さんが私たちのグラスにワインを注ぎながら言った。

「どうしても子どもができなくて、だけど、あきらめきれなくてさ……それで、里親になって……」

間接照明だけが灯《とも》されたリビングのなかできらりとナイフの刃が光ったような気がした。それから、あまり村松さんの話は耳に入ってはこなかった。大人の顔を作って相槌だけは打っていたが、鼓動が速くなっていることには気づいていた。

家に帰り、窓を閉めた二階の部屋で、栄太郎と向き合った。

「知ってたの？　尚君のこと」

栄太郎は横を向いて黙っている。

「知っていて、連れて行ったの？」

自分の声にかすかな怒りがにじんでいることにも気づいていた。

「そういう方法もあるかな、とずっと考えていた」

「養子をもらう、ということ？」

「そう……考えてみてもよくないだろうか」

「よくない！」声が自然に大きくなった。

「だって、血のつながっていない子どもだよ」

「でも、村松さんはちゃんと……」

「子羊堂はどうするの？　私、仕事続けたいよ。今までみたいにずっと」

「あのね……」しばらくの間黙っていた栄太郎が口を開いた。

「僕、繭子と店を作ったみたいに、二人で子育てしてみたいんだよ」

「パンや店と、子どもは違うよ」

「だから、ずっと考えていた。もう僕たちそれほど若くはないよね。体力も気力もどんどん衰えていくでしょう。もし、養子ということを考えるのなら、今が最後のチャンスなんじゃないか」

「考えたくない！」思ったより尖った大きな声が出た。私は声をひそめる。

「子羊堂と、二人で作っているパンが私の子どものようなものだよ。ううん、それが私の子ども。それに血のつながっていない子どもを栄太郎は育てられるの？」

「…………」

「どこの誰ともわからない子どもなんだよ。育てられる？」

「……血の」ふりしぼるように栄太郎は言った。まるで言葉にするのが苦しいように。

「血のつながりって、そんなに大事なものかな？」

「…………」

「僕と繭子は血はつながっていないけれど家族だろう。家族だと僕は思っているよ。僕の両親も繭子のことを家族だと思っている。血のつながりなんて、そんなに大きなものだろうか」

「………」ぽつぽつと雨が窓を叩く音が聞こえた。

栄太郎は立ち上がり、チェストの引き出しの中から茶封筒を出してテーブルに置いた。『子どものいない夫婦のための養子縁組ガイド』と表に書かれている。

「児童相談所や民間の機関から、子どもを受け入れることができるんだ。今すぐ決めてほしい、とは言わない。だけど、考えてみようよ。ううん、考えてほしいんだ」

栄太郎がそこまで真剣に考えていたなんて、ちっとも知らなかった。

いつもはふたつの布団をぴたりとくっつけて眠るのに、その夜はほんの少し距離を置いて布団を敷いた。夜遅くになっても雨はやまず、いつまで経っても眠りは訪れなかった。栄太郎の布団からは穏やかな寝息が聞こえてくる。もう午前零時をとうに過ぎていた。私は布団を出て、階段を下りた。

一階の暗い厨房の隅、丸く膨らんだゴミ袋が置かれている。そのなかには、選ばれなかったパンが入っている。私はゴミ袋を開けて、そのひとつを取り出した。

もうかちこちに堅くなっていて、誰に食べられることもない。私はそれを指でちぎって口にいれた。私が選んであげたよ。パンにそう伝えたかった。

雨が強くなってきた。月に一度、施設に見知らぬ男の人と女の人がやって来る日も、こんな雨が降っていることが多かった。私は小学生になっていたと思う。うちの店にメロンパンを買いに来るあの男の子くらいの年齢だろうか。いつからか、月に一度、いつもより綺麗《きれい》な服を着せられて、遊戯室に集まるように言われる日があった。その日は、見知らぬ上品そうな男の人と女の人がやってくる。遊んでいていいのよ、シスターたちはいつもそう言ったが、男の人と女の人の存在が気になって、人形遊びが手につかなかった。二人は子どもたちを見回す。この子、と思うと、視線が止まる。シスターと二人が話をする。そして、私たちが普段どおりの日々を過ごしているうちに、子どもが一人減る。私にはその意味がわからなかったけれど、ある日、上級生たちが話をしているのを聞いて知った。あの子は選ばれてもらわれていったのだと。あの男の人はお父さん、あの女の人はお母さん。そして、いなくなった子どもは、二人の子どもとして新しい家で暮らすのだと。言われてみれば、いなくなった子どもたちは、皆、かわいく、子どもらしく、利発そうだった。

私はずっと選ばれなかった。かわいくもなければ、利発そうでもない。私は大人に選ばれない子どもだった。仕方のないことだ。

自分の生まれや育ちを恥ずかしく思わないこと。シスターたちは折りに触れ、私たちにそう言った。そう思おうとして生きてきたのだけれど、私の心のどこかには、ぽっかりと大きな穴が空いていて、だから、パンを焼き続けるのかもしれない。あたたかく、やわらかく、いいにおいのするもので、その穴を満たしたいから。

養子、という話を栄太郎から持ち出されたとき、咄嗟《とっさ》に浮かんだのはその穴のことだった。誰か一人を選ぶことなんてできない。私や栄太郎が直接選ぶことはなくても、私たちのもとへ現れる前に、誰かが子どもを選ぶのだ。選ばれた子どもの後ろに、選ばれなかった子どもがいる。見知らぬ子どもの心に穴を空けること。それは私がいちばんしたくないことだった。けれど、それを話したところで栄太郎はわかってくれるだろうか。手にしたパンを齧《かじ》る。喉に詰まりそうになる。一人で咳《せき》をする。その音と雨の音が混じり合って、急に寒く感じる。自分の腕を抱きしめる。二人で暮らしているのに、たった一人でいるような気がする。そんなことを感じたのは栄太郎と暮らして初めてのことだった。

翌朝、私が作ったパンはうまく膨れず、半分を処分するはめになった。メロンパンは全滅だった。そんなことは、子羊堂をオープンさせてから初めてのことだった。店に来たお客さんも、

「今日はずいぶんパンが少ないのねえ」

「え、メロンパン、もう売り切れ。人気あるのねえ」

と、残念そうな言葉を口にして店を後にした。

「なんかごめん……」

朝から栄太郎とはろくに口もきいていなかった。

「いや、こっちも突然、あんなこと言って悪かった」栄太郎が目を見て言った。

「あのさ、午後、僕が店番するから、休んでいいよ。売るパンがないんだもの。お客さんも少ないだろうから、僕一人でもなんとかなるよ。美容院にも行きたいと言っていたでしょう。なんだか疲れた顔しているし。……というか、疲れるようなことを言ってごめん」

栄太郎はそう言って頭を下げた。

店をオープンして以来、ずっと二人だった。いや、オープンする前から、ずっとそうだった。それが当たり前のことだと思っていたけれど、栄太郎にはもしかして、それが負担だったのかも。一人で商店街を歩いた。一人でいると、考えはネガティブなほうに傾いていく。行きたかった美容院に行くのも億劫《おっくう》だった。それでも、喉の渇きを覚えて、駅の近くにある喫茶店に入った。

「あら……」

店の奥のテーブルから顔を上げたのは節子さんだった。節子さんに手招きされ、私はおずおずと節子さんの前に座った。

「こんなところで会うの、珍しいわね」

「……今日はお店が暇なんです。だから、休んでいいよ、って」

「あら、休んでいいよ、なんて、ずいぶんとえらそうね。あなたも店長だろうに」

そう言って節子さんはからからと笑った。

この店は葡萄ジュースがおすすめなのよ、と強く推され、それを頼んだ。すぐにやってきた葡萄ジュースを一口飲んだ。飲みながら、この赤紫色のジュースはスチューベンという葡萄を使っているのかな、と思う。栄太郎がいればすぐにわかるのだが。気になって何度もストローで飲んでしまう。そのときに指にふいに節子さんの手が触れた。

「あなた、頑張ってきたのねえ。頑張ってきた人の手ねえ」

不意打ちの言葉で泣くツボを押されたような気になった。が、耐えた。思えば、昨日、養子をもらいたい、と栄太郎に聞かされてから、泣きたくて仕方がなかった。けれど、泣くものか、と思った。今まで数え切れないくらいそう思って生きてきた。

節子さんがテーブルの上でピアノを弾くように指を動かす。その小さな爪にも口紅と同じ薄桃色のネイルが施されている。

「あの、節子さんってピアノ弾かれていたんですか？」

「ううん、まさか。私ね、昔はタイピストだったのよ。今の人はそんな仕事あったことも知らないでしょう。ワープロやパソコンができる前の大昔のことよ。タイプライターっていうものがあったの。紙を機械にはさんでね、キーを叩いて書類を作る。元祖丸《まる》の内《うち》のOLね。ああ……でも、私の若い頃にはそんな言葉はなかったわね。そうBG、ビジネスガールなんて呼ばれていたっけ」

「そうでしたか……」

「私のいちばんいい時代よ。ハイヒールをカツカツ鳴らしてピカピカのビルに出勤してね……。だけど、今は年金暮らしの一人ぽっち。ううん、昔から一人。もう身寄りもないの」

節子さんの視線がふわりと漂う。

「あなたはまだまだ働き盛り。これから先もっともっと働ける。パンを作るという職業があって、お店も持って。ほんとうにえらいわ」

「……そんなことはないです」

「誰にでもできることじゃない」

面と向かって自分の人生を肯定されたことがうれしかった。そんな経験をしたことはなかった。節子さんなら聞いてくれるのではないか。ふと、昨夜、栄太郎から聞かされた養子のことを節子さんに話してしまおうか、という誘惑にかられた。洗いざらい話してしまえば、私のこの気詰まりは、少しは楽になるのではないか。

「昔はね、ふたつも選べなかった。結婚と仕事、ふたつ手に入れることは難しいことだったの。今の人は結婚も、仕事も、子どもも、手に入れることができる。ほんとうにいい時代になった。長生きして、それを見届けられて良かったと思う」

「……あの……節子さん、ご結婚は？」ためらいながらそれでも尋ねた。

「結婚しようにもね、戦争で男がみんな死んだでしょう。だから、結婚相手はいなかった。ずっと一人よ。子どももいない」

「……そうでしたか」

「そういう運命、巡り合わせだったのね。だけど、それについて文句を言う暇もなかった。女一人、食べていくために、働いて、働いて」

テーブルの上でまた、節子さんの指が動く。

「老人の戯言《ざれごと》だと思って聞いてほしいんだけど」

「はい……」

「今日は珍しくあなたが暗い顔をしているからね。今から言うことは私のひとり言だと思って聞いてね」

「はい」

「欲しいと思ったものが手に入らないこともあるの。手に入らなくても欲しい、欲しい、って手を伸ばすのが人間だもの。だけど、すでに持っているものの幸せに気づかないことも、時にはあるわね。それに……」

そう言って節子さんはコーヒーカップに口をつけた。

「欲しい、欲しい、と思っていて、あきらめていたものがふいに手に入るということもあるの。私はあなたのことを娘みたいに思うし、あなたのご主人を息子みたいに思うこともある。私は家族もいない独居老人だけど、この商店街の人たちを家族みたいに思ってる。ずっと欲しかったものがふいに手に入ったような気がする。私はこの町が大好きだし、死ぬまでここにいるつもり。だから、寂しくないの。強がりじゃないのよ。あら、こんな私に娘みたいだなんて言われて、あなたは迷惑ね」

「いえ、そんな……」

「老い先も短いでしょう。思っていることはなんでも話すようにしているの。あのとき言っておけばよかった、って後悔が私には山ほどあるのよ。……だから、あなたには言っておくわ。ご主人とはなんでも話をなさい。怖がらなくてもいいの。大丈夫」

葡萄ジュースの甘さがやさしく染みた。

「いつもパンを作ってくれてありがとう」

節子さんが深々と頭を下げる。

「いつもパンを買ってくださってありがとうございます」

私も頭を下げ、二人、顔を見合わせて笑った。

もう一杯コーヒーを飲んでから帰る、という節子さんを置いて店を出た。それでも家にはまだ戻りたくなくて、町の路地を巡った。この頃、物干し台にいると香ってくる金木犀の香りがした。どこかの家の庭先から、金木犀の枝が伸びている。近くに寄って見た。こんな花だったのか、と思った。小さな花が集まって房のようになっている。そのとき、ふと思い出したのは、自分が育った施設の仲間のことだった。こんなふうに肩を寄せ合って、私たちは生きていた。あの施設を出てばらばらになって、連絡をとっている仲間もいないが、あのとき、あの場所にいた皆が幸せであればいいと、ふと思った。

「今日の売り上げは散々だった……」

私が店に戻ると、疲れた顔をして栄太郎が言った。いつもよりほんの少しだけ手のこ

んだ、何かおいしいものでも作ろうと思ってスーパーに寄ってきた。右手を上げて、スーパーの白い袋を見せると、

「僕も料理がしたい」

と笑った。

早い時間に店を閉め、二人で二階の台所に立った。乾燥ひじきをボウルの水に浸し、蓮根《れんこん》を薄切りにして酢水に放つ。小鍋《なべ》に出汁《だし》昆布を入れて火にかける。狭い台所があっという間に蒸気で暖かくなる。その上に手をかざした。頑張ってきた人の手ねえ、とさっき節子さんに言われた自分の手は、確かに四十三年間の時間が刻まれた手だった。

人参《にんじん》を細切りにしながら、栄太郎が言う。

「いきなり、あんなこと言って、悪かった」

「ううん……」小鍋の中でゆらりと揺れ始めた昆布を見ながら、私は答えた。

「ただ、そういう気持ちは正直なところ、まだ自分のなかにあるんだ」

「うん……」

「でも、こんなに大事なことは僕一人だけで決められない。養子をもらうということの、ことの大きさを僕はまだきっとわかってないんだよね」

「私は……」

「うん……」人参をスライスする音と換気扇の回る音が混じり合う。

「自信がないの……」そう言いながら、小鍋の中の昆布を菜箸《さいばし》で引き上げた。

「子どもを育てる自信がない。普通の人と違うから。栄太郎のようにちゃんと普通の家庭で育ててもらったことがないから、わからない。受け取っていないから、渡せない。きっとうまくできない。そんなお母さん、子どもだって」

「きっとうまくできない」

「え？」

「きっとうまくできない、って口癖だよ、繭子の。新しいパンを作るとき、いつも言ってる。だけど、絶対にうまくいくよね、いつも。そう言いながら、いつも僕よりうまくパンを焼く」そう言って、栄太郎はスライスした人参をつまんで口に入れた。同じように人参を私の口元に近づける。口を開いて、それを食べた。

「自分の子どもが欲しいってわけじゃない。繭子と二人で子どもを育ててみたい、っていう気持ちが僕のなかにはまだある。それはわかってもらえる？」

人参を咀嚼《そしやく》しながら、私はうん、と頷いた。

「その気持ちがどういうふうに落ち着いていくのか、正直なところ、僕もわからない。また、同じようなことをくり返し、繭子に言ってしまうかもしれない……だけどね」

「うん」

「今日は繭子がこのまま帰ってこないんじゃないかと、店にいる間もそればっかり考えて、何も手につかなかった。お釣りを間違えて、お客さんに叱られるし」

栄太郎が手を止めてこちらを見た。

「まだ、僕といっしょにパンを作ってくれますか？」

「うん」

「よかった……」

そう言ってまた、栄太郎は照れたように人参を口に入れた。

人参の色と金木犀の色はどこか似ている。今日の夕方、路地で見た金木犀の花を思い出した。ひとつひとつは小さいけれど、集まって強い香りを放つ。いつか散ってしまうとしても、また、来年も小さな花を咲かせて、香りを放ち、まわりの人たちに、季節が巡っていくことを知らせる。そんなふうに栄太郎と生きていきたいと思った。

「あのね……」フライパンのなかのひじきの炒《いた》め煮をまぜ合わせながら私は言う。

「私の子どもの頃の話をもっとしてもいい？」

「うん……」

栄太郎の顔が輝いた。

「もちろん」

その夜は、長い夜になった。夕食が終わっても、二人でワインを開けて、話し続けた。

私だけではなく栄太郎も話した。ニャーちゃんという飼い猫が突然いなくなって、三日間、ごはんが喉を通らなかったこと、夜店のたこ焼きを親に隠れて食べて、おなかをこわして死にかけたこと。私も話した。おやつをつまみ食いしてシスターにおしりを叩かれたこと。施設の庭に大きな雪だるまを作って、指が紫色になって、もう戻らないんじゃないかと泣いたこと。毎年やってくるサンタクロースが園長先生だと中学生までわからなくて、友だちに馬鹿にされたこと。

栄太郎の話に引き出されるように、子ども時代の楽しい記憶がよみがえってきた。選ばれなかった子どもだった、ということはその日には話せなかった。これからも話せないかもしれないし、いつか話せるかもしれない。それでも思った。自分の子ども時代が小さな光に満ちていたこと。私はそのときも十分に幸せだったこと。

　未来は不確定だ。確かなのは今の気持ちだけで、それが今、二人で確認できたのなら、それでもう十分だろうと、そう思った。


土曜日の朝、店を開けると、人がなだれ込むように入ってきた。

メロンパンの人気はまだ続いている。たくさんのお客さんの対応をしながら、時々、栄太郎の目を見て頷いた。メロンパンは発売以来、おいしくなるように少しずつ改良を重ねている。冬に向かってクリームをより濃厚にしたものを先週売り出したばかりだ。

「味が変わった」とクレームが来たらどうしよう、と思っていたが、今のところ、そんな心配はなさそうだ。

夕方近くなって、節子さんがやってきた。節子さんの分のメランジェはもちろん取り置きしてある。紙袋をそっと渡すと、節子さんが小さなハンドクリームを差し出した。

「仕事中は使えないでしょうけど、寝る前にはお手入れしなさいね。ノルウェーの漁師さんたちも使っているハンドクリームなのよ」

そう言って笑った。お礼を言いながら、節子さんを見送ったあと、もう今日はそろそろ店じまいだろうか、と思っていると、小さなお客さんが一人現れた。見覚えのあるあの男の子だ。

「あの、メロンパン……」

「ああ、ごめんなさいね。今日も」

そう言う私の背後から、紙袋を手にした栄太郎の腕が伸びてきた。

「はい。どうぞ。お母さんの分も入っているから」

栄太郎がそう言うと、男の子は少し困ったような顔をした。

「あの、だけど、僕、お金……」ポケットのなかから取りだした小さな財布を握りしめて今にも泣きそうになっていた。

「一個はおまけ」

私がそう言うと、男の子の顔が輝いた。今まで、一度だって、そんなことをお客さんに言ったことはない。考える前に口がそう動いていた。

二個のメロンパンが入った紙袋を抱えるようにして、男の子が店を出て行く。店の前で、私たちに向かって、ぺこり、と頭を下げた。私は男の子に向かって、バイバイ、と手を振る。

「えこひいき」栄太郎が肩を小突いて言った。

「そっちこそ」

「お母さんが入院してるんだ。うちのメロンパンが食べたいって」

「ふーん。いろいろ知ってるんだ。いつの間にそんなこと」

「繭子がいなかった日の午後だよ。僕だけに話してくれたんだ」

「ふーん……」笑いながら、私も栄太郎の肩を小突いた。

「あっ、子どもが欲しいとか、そういうこと言いたいわけじゃないからね」

「わかってる。もちろん」私が言うと、栄太郎はほっとした表情を返した。

「パンが子どもみたいなものだから」

それだけ言って栄太郎は厨房に戻って行ってしまった。私もだよ、と返事をする暇もなかった。

店のドアにcloseと書かれた木の札を下げ、鍵をかける。照明を落として、店の中を見回した。だれかの居場所なら、作れるかもしれない。そう思った。

きしきしと、奇妙な音を立てる階段を上がって二階に向かった。掃き出し窓を開けて、ぱりぱりに乾いてすっかり冷えてしまった洗濯物を取り込む。物干し台に上がってみても、もう金木犀の香りはしない。けれど、香りの記憶はある。また、来年、ここであの香りを胸いっぱい吸い込みたい。

物干し台から私たちの住む町を見た。ずっと先には銭湯の煙突。あそこで体を温めている人がいる。湯冷めしないで家に帰れますように。今頃、子羊堂で買ったパンを食べている人がいるだろうか。節子さんは今日も、メランジェにクリームチーズを載せて食べているだろうか。あの男の子は、病院にいるお母さんにメロンパンを届けられただろうか。贅沢な願いかもしれない。けれど、私たちのパンを食べてくれた人が皆、笑顔であってほしい、と心から思った。

ふいに後ろから抱きしめられた。私はくるりと振り返り、栄太郎の胸に顔を埋《うず》めた。小麦粉とバターとクリームのにおいがする。私からも同じにおいがしているだろう、と思った。栄太郎という人を得て、私の人生はどこも欠けていない。パンのように膨らんで、甘い香りを放っている。そのことがただ、奇跡のようにうれしかった。

見上げると、頭の上に星がひとつ光っている。この世界を照らす小さな光がいつまでもそこにあればいいと、ただ、それだけを思った。

解説

渡辺《わたなべ》ペコ（漫画家）

「子を生《な》す・持つ」「家族をつくる」というテーマを、窪美澄《くぼみすみ》さんという作家はデビュー以来繰り返し描いてきた。

作中で「性交」が子細に描かれていても、その後ろには「生殖」に対するさらに強い関心が一貫してあったように思う。

本作『いるいないみらい』は、まさにその「子を生す・持つ」「家族をつくる」ことについて正面から扱った作品集だ。

どちらも、いくら考えても何かを言い切ることはできないし答えは個々で見つけるしかない。強いて言うならそれが答えといえるかもしれない。

でも、だからこそ窪さんは、何度でもそのテーマを取り扱う。おそらく、なのだけど、どんなに熟考して作品にしても、「子を生す・持つ」「家族をつくる」ことについて未だ納得しておられないのではないだろうか。何度でも、あらゆる角度から問い直し、疑い、考え続ける。答えはない、ということを答えとしない。

並べるのは大変僭越《せんえつ》なのだけど、私自身、原家族の中に子として生まれ、大人になり熟考し決断して子を生した現在も、「子を生す・持つ」「家族をつくる」ということについて理解はもちろん、納得もしていない（念のために言うと、満足していない、というのではなく納得していないのだ）。

家族が、生殖が、わからない。ついでにいうと性交もよくわからない。どれも実際やってみてもわからない。漫画に何度も描いてみてもわからない。折り合いをつけるつもりで描いても、未だ納得いってないのだ。多分死ぬまでわからないまま、納得できないままかもしれない。

それゆえ、『いるいないみらい』という作品に、そして、「答えはない」ことを前提にしつつも諦めず根気強く向き合う窪さんの姿勢に、勝手に心強く思ったりしている。いったいどういうことなのか、多くの人は平気な顔でこなしているように見えるけれど、といい歳になり親にもなった自分がぶつぶつ言い続けても考え続けてもいいのではないか。そんな気がする。

さて、本題の作品について。

本書の主人公たちは言葉も態度も慎重だ。それぞれの物語の中で他者に対して感情や考えを表すのはごく一部、そしてそれはかなり体裁が整えられているように見える。どうでもいい相手に対してだからではなく、大切な相手に対しても。

「1DKとメロンパン」で、知佳は夫の智宏への礼儀として、「想像していたほどおいしくはなかった」メロンパンを「おいしー」と喜んで二個食べる食いしん坊キャラを演じ続ける。

「私は子どもが大嫌い」では、茂斗子は養母のうれしそうな顔を見るために「ぱんぱんになったおなか」でシチューをおかわりする。

作中では「食べること」が愛情と労《いたわ》りの意趣を持った演技としてたびたび描かれる。もういい大人であるはずの女性たちが、「子ども」に対するように食べ物を提供する家族に対して、期待される「子ども」のような姿を演じて見せる。

知佳は智宏に対して、茂斗子は養父母に対して、それぞれ恩義と愛情への落とし前をつけ、しっかり報いることで「家族」という名の円環を完結させようとしているように見える。

「1DKとメロンパン」ではその円環の中に新しい要素「(本物の)子ども」が入る可能性を夫の智宏から示唆されて知佳はひるむ。

「私は子どもが大嫌い」の茂斗子は、養父母との暮らしの中で役割を全うすることに幸福と使命を感じているように見えるが、他人である「子ども」のみくの出現によって、予定外の意識や感情が外に拡《ひろ》がりだす。「子どもが大嫌い」な茂斗子が見知らぬ子に対してどこまで介入するのか関われるのか、それはぜひご自身の目で見届けて頂きたいが、慎重に一歩ずつ歩み寄り、その過程で茂斗子が幼いみくに安心できる場と食事を提供し案じる側に回る姿に胸が詰まった。

不妊治療を試みたことのある人ならば、「無花果のレジデンス」での睦生と波恵のやりとりに、あの「子づくり」のしんどさを思い出すかもしれない。もしも波恵が女性向けインターネット掲示板に、精液検査で傷つき治療からひとりでふらり逃げ出す睦生のことを書いたならば、その繊細さと脆弱《ぜいじゃく》さは叩《たた》かれたかもしれない。でも幸いなことに、睦生はどこか母のように慕う千草という存在と彼女の言葉によって、波恵との正面対決を免れたようにも見える。

「ほおずきを鳴らす」の勝俣は、過去に自分の娘、千夏を弔うという大きな喪失を経験しており、公園で偶然出会った千夏の幻影を思わせるような女性、蛍に心惹《ひ》かれていく。叶わなかった千夏の「みらい」を見たかったのかもしれない。けれど「確かにあの店の男が言ったとおり、そばで見れば、彼女は若い女の子ではない。彼女に成長した千夏の面影を重ねるほどのさびしさを抱えていたことに僕はひるんだ」。

恋愛や情欲ではないところがまた切ない。

「金木犀のベランダ」のパン屋を営む主人公夫婦、繭子と栄太郎は、子のいない仲の良い夫婦という点で「1DKとメロンパン」の知佳と智宏と共通している。「子を持つ」という希望を夫側が抱く点も。

けれど、関係性の長さもあろうか、繭子と栄太郎はもう少しお互いに歩み寄り、踏み込んでいくことに挑戦する様子が印象的だ。

繭子は自分の生育歴から「子（養子）を持つ」ことに臆しているが、栄太郎は丁寧に自分の希望を伝え続ける。

最初に私は、本書の主人公たちは言葉も態度も慎重で、他者――それが親しい大切な相手であっても――に対して感情や考えを表すのはごく一部で、それもかなり体裁が整えられているように見える。と書いた。繭子も例外ではないように見受けられる。けれど、店の常連客である高齢の節子さんの言葉は繭子をそっと力づける。

「あのとき言っておけばよかった、って後悔が私には山ほどあるのよ。あなたには言っておくわ。ご主人とはなんでも話をなさい。怖がらなくてもいいの。大丈夫」

どの物語にも共通して、安心や励ましや転機となる言葉や態度をそっと差し出すのは血縁関係にある相手ではない。

そして、読者である我々もまた、全くの他人である主人公たちの個人史、誰にも打ち明けてないような感情、わだかまり、渇望を言葉のみを介して知ってきたのだった。実際には出会うことも言葉も目線すらも交わすこともなかった彼・彼女たちは、それでも現実の私達の記憶や心情に痕跡を残していく。

その先にあるのは、本書を読まなかった「みらい」とは、ほんの少し異なる「みらい」かもしれない。

本書は、二〇一九年六月に小社より刊行された
単行本を加筆修正のうえ、文庫化したものです。

いるいないみらい

窪《くぼ》 美《み》澄《すみ》

令和4年 4月25日 初版発行

発行者●堀内大示

発行●株式会社KADOKAWA
〒102-8177 東京都千代田区富士見2-13-3
電話 0570-002-301(ナビダイヤル)

角川文庫 23149

印刷所●株式会社暁印刷
製本所●本間製本株式会社

表紙画●和田三造

ISBN 978-4-04-112444-4 C0193

角川文庫発刊に際して

角川源義

第二次世界大戦の敗北は、軍事力の敗北であった以上に、私たちの若い文化力の敗退であった。私たちの文化が戦争に対して如何に無力であり、単なるあだ花に過ぎなかったかを、私たちは身を以て体験し痛感した。西洋近代文化の摂取にとって、明治以後八十年の歳月は決して短かすぎたとは言えない。にもかかわらず、近代文化の伝統を確立し、自由な批判と柔軟な良識に富む文化層として自らを形成することに私たちは失敗して来た。そしてこれは、各層への文化の普及滲透を任務とする出版人の責任でもあった。

一九四五年以来、私たちは再び振出しに戻り、第一歩から踏み出すことを余儀なくされた。これは大きな不幸ではあるが、反面、これまでの混沌・未熟・歪曲の中にあった我が国の文化に秩序と確たる基礎を齎らすためには絶好の機会でもある。角川書店は、このような祖国の文化的危機にあたり、微力をも顧みず再建の礎石たるべき抱負と決意とをもって出発したが、ここに創立以来の念願を果すべく角川文庫を発刊する。これまで刊行されたあらゆる全集叢書文庫類の長所と短所とを検討し、古今東西の不朽の典籍を、良心的編集のもとに、廉価に、そして書架にふさわしい美本として、多くのひとびとに提供しようとする。しかし私たちは徒らに百科全書的な知識のジレッタントを作ることを目的とせず、あくまで祖国の文化に秩序と再建への道を示し、この文庫を角川書店の栄ある事業として、今後永久に継続発展せしめ、学芸と教養との殿堂として大成せんことを期したい。多くの読書子の愛情ある忠言と支持とによって、この希望と抱負とを完遂せしめられんことを願う。

一九四九年五月三日

角川文庫ベストセラー

冷静と情熱のあいだ Rosso　江國香織

2000年5月25日ミラノのドゥオモで再会を約したかつての恋人たち。江國香織、辻仁成が同じ物語をそれぞれ女の視点、男の視点で描く甘く切ない恋愛小説。

泣く大人　江國香織

夫、愛犬、男友達、旅、本にまつわる思い……刻一刻と姿を変える、さざなみのような日々の生活の積み重ねを、簡潔な洗練を重ねた文章で綴る。大人がほっとできるような、上質のエッセイ集。

はだかんぼうたち　江國香織

9歳年下の鯖崎と付き合う桃。母の和枝を急に亡くした、桃の親友の響子。桃がいながらも響子に接近する鯖崎……〝誰かを求める〟思いにあまりに素直な男女たち＝〝はだかんぼうたち〟のたどり着く地とは――。

ファミリー・レス　奥田亜希子

「家族か、他人か、互いに好きなほうを選ぼうか」ふた月に1度だけ会う父娘、妻の家族に興味を持てない夫。家族と呼ぶには遠すぎて、他人と呼ぶには近すぎる――現代的な〝家族〟を切り取る珠玉の短編集。

幸福な遊戯　角田光代

ハルオと立人とわたし。恋人でもなく家族でもない者同士の共同生活は、奇妙に温かく幸せだった。しかし、やがてわたしたちはバラバラになってしまい――。瑞々しさ溢れる短編集。

角川文庫ベストセラー

ピンク・バス　角田光代

夫・タクジとの間に子を授かり浮かれるサエコの家に、タクジの姉・実夏子が突然訪れてくる。不審な行動を繰り返す実夏子。その言動に対して何も言わない夫に苛つき、サエコの心はかき乱されていく。

あしたはうんと遠くへいこう　角田光代

泉は、田舎の温泉町で生まれ育った女の子。東京の大学に出てきて、卒業して、働いて。今度こそ幸せになりたいと願い、さまざまな恋愛を繰り返しながら、少しずつ少しずつ明日を目指して歩いていく……。

愛がなんだ　角田光代

OLのテルコはマモちゃんにベタ惚れだ。彼から電話があれば仕事中に長電話、デートとなれば即退社。全てがマモちゃん最優先で会社もクビ寸前。濃密な筆致で綴られる、全力疾走片思い小説。

いつも旅のなか　角田光代

ロシアの国境で居丈高な巨人職員に怒鳴られながら激しい尿意に耐え、キューバでは命そのもののように人々にしみこんだ音楽とリズムに驚く。五感と思考をフル活動させ、世界中を歩き回る旅の記録。

恋をしよう。夢をみよう。旅にでよう。　角田光代

「褒め男」にくらっときたことありますか？　褒め方に下心がなく、しかし自分は特別だと錯覚させる。ついに遭遇した褒め男の言葉に私は……ゆるゆると語り合っているうちに元気になれる、傑作エッセイ集。

角川文庫ベストセラー

Burn.—バーン—　加藤シゲアキ

天才子役から演出家に転身したレイジは授賞式帰りの事故により抜け落ちていた20年前の記憶が蘇る。渋谷の街で孤独な少年を救ってくれた不思議な大人との出逢いと別れ、彼らとの過去に隠された真実とは——。

傘をもたない蟻たちは　加藤シゲアキ

天才肌の彼女に惹かれた美大生の葛藤。書いた原稿がそのまま自分の夢で再現される不思議な現象にのめりこんでいく小説家の後悔……単行本未収録作「おれさまのいうとおり」を加えた切ない7編。

蜜の残り　加藤千恵

様々な葛藤と不安の中、様々な恋に身を委ねる女の子たちの、様々な恋愛の景色。短歌と、何かを言いたげな食べ物たちに彩られた恋愛短編集にして、普通ではない恋愛に向き合う女性たちのための免罪符。

ナラタージュ　島本理生

お願いだから、私を壊して。ごまかすこともそらすこともできない、鮮烈な痛みに満ちた20歳の恋。もうこの恋から逃れることはできない。早熟の天才作家、若き日の絶唱というべき恋愛文学の最高作。

一千一秒の日々　島本理生

仲良しのまま破局してしまった真琴と哲、メタボな針谷にちょっかいを出す美少女の一紗、誰にも言えない思いを抱きしめる瑛子——。不器用な彼らの、愛おしいラブストーリー集。

角川文庫ベストセラー

クローバー　島本理生

強引で女子力全開の華子と人生流され気味の理系男子・冬治。双子の前にめげない求愛者と微妙にズレてる才女が現れた！　でこぼこ4人の賑やかな恋と日常。キュートで切ない青春恋愛小説。

波打ち際の蛍　島本理生

DVで心の傷を負い、カウンセリングに通っていた麻由は、蛍に出逢い心惹かれていく。彼を想う気持ちと不安。相反する気持ちを抱えながら、麻由は痛みを越えて足を踏み出す。切実な祈りと光に満ちた恋愛小説。

B級恋愛グルメのすすめ　島本理生

自身や周囲の驚きの恋愛エピソード、思わず頷く男女間のギャップ考察、ラーメンや日本酒への愛、同じ相手との再婚式レポート……出産時のエピソードを文庫書き下ろし。解説は、夫の小説家・佐藤友哉。

シルエット　島本理生

人を求めることのよろこびと苦しさを、女子高生の内面から鮮やかに描く群像新人文学賞優秀作の表題作と15歳のデビュー作他1篇を収録する、切なくていとおしい、等身大の恋愛小説。

リトル・バイ・リトル　島本理生

ふみは高校を卒業してから、アルバイトをして過ごす日々。家族は、母、小学校2年生の異父妹の女3人。習字の先生の柳さん、母に紹介されたボーイフレンドの周、2番目の父――。「家族」を描いた青春小説。

角川文庫ベストセラー

生まれる森　島本理生

失恋で傷を負い、夏休みの間だけ一人暮らしを始めたわたし。再会した高校時代の友達や彼女の家族と触れ合いながら、わたしの心は次第に癒やされていく。少女時代の終わりを瑞々しい感性で描く記念碑的作品。

ふちなしのかがみ　辻村深月

冬也に一目惚れした加奈子は、恋の行方を知りたくて禁断の占いに手を出してしまう。鏡の前に蠟燭を並べ、向こうを見ると――子どもの頃、誰もが覗き込んだ異界への扉を、青春ミステリの旗手が鮮やかに描く。

本日は大安なり　辻村深月

企みを胸に秘めた美人双子姉妹、プランナーを困らせるクレーマー新婦、新婦に重大な事実を告げられないまま、結婚式当日を迎えた新郎……。人気結婚式場の一日を舞台に人生の悲喜こもごもをすくい取る。

きのうの影踏み　辻村深月

どうか、女の子の霊が現れますように。おばさんとその子が、会えますように。交通事故で亡くした娘を待ちわびる母の願いは祈りになった――。辻村深月が〝怖くて好きなものを全部入れて書いた〟という本格恐怖譚。

ロマンス小説の七日間　三浦しをん

海外ロマンス小説の翻訳を生業とするあかりは、現実にはさえない彼氏と半同棲中の27歳。そんな中ヒストリカル・ロマンス小説の翻訳を引き受ける。最初は内容と現実とのギャップにめまいものだったが……。

角川文庫ベストセラー

恋愛中毒　山本文緒

世界の一部にすぎないはずの恋が私のすべてをしばりつけるのはどうしてなんだろう。もう他人を愛さないと決めた水無月の心に、小説家創路は強引に踏み込んで——吉川英治文学新人賞受賞、恋愛小説の最高傑作。

ファースト・プライオリティー　山本文緒

31歳、31通りの人生。変わりばえのない日々の中で、自分にとって一番大事なものを意識する一瞬。恋だけでも家庭だけでも、仕事だけでもない、はじめて気付くゆずれないことの大きさ。珠玉の掌編小説集。

眠れるラプンツェル　山本文緒

主婦というよろいをまとい、ラプンツェルのように塔に閉じこめられた私。28歳・汐美の平凡な主婦生活。子供はなく、夫は不在。ある日、ゲームセンターで助けた隣の12歳の少年と突然、恋に落ちた——。

あなたには帰る家がある　山本文緒

平凡な主婦が恋に落ちたのは、些細なことがきっかけだった。平凡な男が恋したのは、幸福そうな主婦の姿だった。妻と夫、それぞれの恋、その中で家庭の事情が浮き彫りにされ——。結婚の意味を問う長編小説！

群青の夜の羽毛布　山本文緒

ひっそり暮らす不思議な女性に惹かれる大学生の鉄男。しかし次第に、他人とうまくつきあえない不安定な彼女に、疑問を募らせていき——。家族、そして母娘の関係に潜む闇を描いた傑作長篇小説。